2020年中国作家协会
重点作品扶持项目

一片叶子的重量

脱贫攻坚的『黄杜行动』

王国平 —— 著

浙江文艺出版社
Zhejiang Literature & Art Publishing House

序章 /001
在一片茶叶上写好一个"本"字

一、"黄杜故事"的主题 /003

二、"美丽黄杜"的"美好生活" /006

三、黄杜人的"美丽心灵" /009

四、绿叶青青重几许 /013

第一章 /015
黄杜何以成为"黄杜"

一、从"村没有村的样子"到"村越过村的样子" /017

二、两横一竖,一个字,干就是了! /041

三、一株茶树的骄傲 /057

四、种白茶是个"吃螃蟹"的事 /072

五、关爱的目光"护航" /108

第二章 /123
"黄杜+"时间与"茶苗×"效应

一、搬穷山，挑一担 /125

二、滚烫红心向北京 /150

三、"黄杜+"时间开始了 /156

四、"茶苗×"效应是一场"化学反应" /207

五、这波操作，很安吉，很浙江，很中国 /242

第三章 /261
走向明媚、稳健的"茶生活"

一、像保护眼睛一样保护好"安吉白茶"这个牌子 /263

二、是茶农，是茶商，更是"茶人" /266

三、你好，未来！ /278

主要参考文献 /286

后记 /288

序 章

在一片茶叶上
写好一个"本"字

一片安吉白茶,激起一汪活水。
黄杜故事,就是中国故事。

一、"黄杜故事"的主题

第一次站在黄杜万亩茶园基地的观景平台上，不知如何是好。

满眼的绿。

透亮的绿，顺着山坡，起起伏伏，踩着大自然设定的节拍，欢快地向外铺排。

安静的绿，以悠然的姿势，吸纳天地灵气，沉潜着柔软而又饱满的力。

一个让人放心地交付自己呼吸的地方。

舒适感与幸福感迎面而来。

山顶上的这块平地，是"黄杜故事"的一个支点，也是一个会合点。

这里立着一块石碑，雄伟，厚实。上边镌刻着"一片叶子富了一方百姓"十个大字，行楷，透红，拙朴，挺拔，自有一种威严与伟岸。

石碑旁，是一本石头书的造型，书页摊开，刻着一段文字——

2003年4月9日，时任浙江省委书记习近平亲临安吉县溪龙乡黄杜村白茶基地实地调研，在听取了安吉白茶如何富裕一方百姓举措后充分肯定：一片叶子富了一方百姓……如今，这片叶子从无到有、从小到大、从弱到强，成就了中国茶叶发展史上一个奇迹。

◆万亩茶园观景平台

这块石碑，可以说是"黄杜故事"的核心主题，也就是内在的"魂"。

另一侧，是两尊塑像。左边这位，右手轻轻举着一片叶子，纯朴笑容，喜悦神色，呼之欲出的交流感。右边这位，双手叉腰，外套披在肩上，看着那片叶子，目光坚毅，有力量感在涌动。两个人凝视着这片叶子，在商量着什么，思索着什么，憧憬着什么。

近旁的提示牌上写道，左边这位是盛振乾，被称为"安吉白茶第一人"；右边这位是刘益民，被尊为"白茶之父"。

他们俩，支撑起"黄杜故事"的开篇。

◆ "安吉白茶第一人"盛振乾（左）和"白茶之父"刘益民（右）

与他们相邻的，是两棵铜铁浇筑的大树，有着枝繁叶茂的样态。这是"感恩树"，每一片叶子上都写着感恩的对象，有祖国、父母、老师、前辈、爱人、朋友、大自然，还有共产党……

"感恩树"的边上，立着一块铭牌："山感地恩，方成其高峻；海感溪恩，方成其博大；天感鸟恩，方成其壮阔。树高千尺，而不忘其根，人若辉煌，不可忘本，不忘初心，方得始终。"

"感恩"二字，是推动"黄杜故事"向深处开掘的关键词。

二、"美丽黄杜"的"美好生活"

小村庄，大故事。

黄杜村位于浙江省湖州市安吉县溪龙乡，是安吉白茶的核心产地。

"在湖州，看见美丽中国"，是中央电视台系列公益广告的响亮口号。生态文明建设的生动实践，在湖州全域徐徐铺开。"美丽黄杜"就是其中的一抹亮色，是"美丽中国"的一段华彩。

其实，黄杜村曾经也陷入过发展的困顿期，黄杜人的日子过得穷寒。如何摘掉贫困的帽子，黄杜人一直在寻找符合自身发展实际的路径，屡战屡败，又屡败屡战。他们坚守身为农民的"本"，要依靠自己的双手，耕耘自己的土地，开启新生活。

摆脱贫困，黄杜人在行动，为了生于斯长于斯的家园。

始终处在摸索之中的黄杜人，迎来了曙光。以刘益民为代表的本地"土专家"发现，这里适合种植白茶。

种茶能致富？当时村民心里没有底，疑虑不少，甚至还有抵触情绪。这时党员站出来了。带领百姓脱贫致富，是他们作为共产党员肩负的"本"。

老党员盛振乾担当技术支持，给大家做好保障与服务。时任村党支部书记盛阿林带头种植茶苗，当先锋，立榜样。好话一百，不如现实一件。村民看到实实在在的好处，纷纷跟上。先后担任溪龙乡乡长、乡党委书记的叶海珍，带领一班人马，勇气是铠甲，实干当军规，以"干部带头，以点示范，政策扶持，科技指导"为总体思路，一步一个脚印，稳扎稳打，把大家引领到"茶叶翻身"的路子上。

这是"黄杜行动"的第一篇章。

一片叶子，承载着黄杜人奔向幸福生活的愿望。

2003年4月9日，时任浙江省委书记的习近平同志来到黄杜村考察。他充分肯定安吉白茶这项富民产业、绿色产业，动情说道：一片叶子富了一方百姓。

是赞许，也是激励。

黄杜人守着茶产业这个"本"，想办法，出点子，提升质量，呵护品牌。

2003年6月，在习近平同志的倡导和主持下，浙江在全省启动"千村示范、万村整治"工程，以农村生产、生活、生态的"三生"环境改善为重点,开启以改善农村生态环境、提高农民生活质量为核心的村庄整治建设大行动。

渐有起色的黄杜村,享受着政策红利,谋发展更有底气,往前走也更顺畅。

2003年7月,中共浙江省委十一届四次全会,习近平同志在总结浙江发展经验的基础上,首次全面系统地概括了浙江发展的八个优势,提出指向未来的八项举措,也就是"八八战略"。其中的一项内容是:"进一步发挥浙江的生态优势,创建生态省,打造'绿色浙江'。"

这给黄杜人以莫大的信心,坚定自己走的路子是对的,而且还要走得更加稳当、更见成效、更有质量。

2005年8月15日,习近平同志来到安吉县天荒坪镇余村调研,首次提出"绿水青山就是金山银山"理念。35公里开外的黄杜人,慢慢也听懂了这个科学论断蕴含的道理。

他们守住绿水青山这个大自然的"本",发展白茶产业的同时,用心保护环境、善待生态,让"美丽黄杜"可持续。

高光时刻再度来临。黄杜媳妇宋昌美,一个农家女,当选党的十八大代表。她在白茶园"种"出了宝马车,这在黄杜村是头一回。自家日子过好了,她又成立白茶女子合作社,领着其他姐妹,共同致富。

"我种白茶,白茶养我。"与"美丽黄杜"风景相匹配的是,这里的人们普遍过上了想象中的"美好生活"。

如今,黄杜人经营茶园将近5万亩,产值超4亿元,人均年收入从1997年的千余元升至5万元左右。全村400余户,几乎家家有小汽车,有的家庭还你一辆、我一辆。不少人家在黄杜有乡村别墅,在城里有住房,有的还在海南买了过冬房。用他们的玩笑话说,自己的日子不只是"小康"了,而是早就"大康""老康"了。

三、黄杜人的"美丽心灵"

"我种白茶,白茶养我","养"的不只是物质上的宽裕,还有精神上的富足。

奔走在幸福大道上的黄杜人,看着全国上下都在奋战脱贫攻坚,感觉自己不应该是旁观者,不甘成为局外人。

黄杜人齐整整地站出来,开启了"黄杜行动"的第二篇章。

2018年4月,黄杜村党总支书记盛阿伟召集村里的19名农民党员,联合给习近平总书记写信,汇报村里种植白茶致富的情况,并提出捐赠1500万株茶苗帮助贫困地区群众脱贫。

助力脱贫攻坚,黄杜人不搞"花拳绣腿",来实在的。

他们庄严承诺点对点帮助贫困户，包种包销，手把手教种植管理技术，不种活不放手，不脱贫不放手。

黄杜人主动往自己的肩上压担子，不含糊，一腔赤诚。

2018年7月6日，新华社播发消息：习近平总书记对浙江省安吉县黄杜村农民党员来信提出向贫困地区捐赠白茶苗一事作出重要指示强调，"吃水不忘挖井人，致富不忘党的恩"，这句话讲得很好。增强饮水思源、不忘党恩的意识，弘扬为党分忧、先富帮后富的精神，对于打赢脱贫攻坚战很有意义。

黄杜一片欢腾。

国务院扶贫办会同有关方面，确定湖南省古丈县、四川省青川县和贵州省普安县、沿河县三省四县的34个建档立卡贫困村作为受捐对象。这些地方都是国家贫困县和省定深度贫困县，受捐群众都是建档立卡贫困户。

黄杜人甩开膀子，干起来。

他们把别人的事，当自己的事。

他们拿出最好的茶苗，都是簇新的"白叶一号"，质量等级就高不就低……整车整车往三省四县运送。

他们把三省四县的种茶户代表请到自家来，实地业务培训，说说种茶有哪些环节是要费心思的，讲讲自家的茶树是个

◆白叶一号固井基地

什么脾气,聊聊自己当初是怎么脱贫致富的,给兄弟姐妹打气。

他们还争相上门,坐汽车,坐飞机,再坐汽车,还爬山,一头扎进当地茶园,一住就是十多天,甚至一个月,跟当地茶农一起坐在茶苗边上,商量怎么培土、除草、护苗、施肥。

脱贫攻坚,黄杜在行动,这次是为了"无穷的远方,无数的人们"。

黄杜人不仅捐苗,还把自己当初摆脱贫困的"黄杜故事"传播开来,把发展绿色产业的经验和心得与更多的人分享。

黄杜人的努力与作为,赢得首肯与赞誉。

2018年10月17日,在全国脱贫攻坚奖表彰大会暨先进事迹报告会上,黄杜村村委会原主任钟玉英被授予"全国脱贫攻坚奖奉献奖"。

2019年10月1日,北京天安门广场举行庆祝中华人民共和国成立70周年大会,钟玉英作为黄杜人的代表,受邀至现场观礼。

受到高规格礼遇的黄杜人,干劲更饱满,步履更匆匆。

2020年3月5日上午9时许,在贵州省普安县地瓜镇千亩茶园,当地村民冒雨采下了首批"白叶一号"新茶。这是黄杜村捐赠给西部贫困地区的茶苗首次开采。

◆2020年3月5日,首批扶贫茶在普安县开采

尽管当时新冠肺炎疫情防控处于关键阶段,盛阿伟还是专程赶来见证这个时刻。

一片片叶子轻盈跳跃,一杯杯清茶滋味绵长。盛阿伟憨憨地笑,说:"心里一块大石头终于落地了。"

有情有义。有始有终。

四、绿叶青青重几许

2020年5月21日,是联合国确定的首个"国际茶日"。国家主席习近平向"国际茶日"系列活动致信表示热烈祝贺。他指出,茶起源于中国,盛行于世界。联合国设立"国际茶日",体现了国际社会对茶叶价值的认可与重视,对振兴茶产业、弘扬茶文化很有意义。作为茶叶生产和消费大国,中国愿同各方一道,推动全球茶产业持续健康发展,深化茶文化交融互鉴,让更多的人知茶、爱茶,共品茶香茶韵,共享美好生活。

茶乡黄杜在新时代展露出新的气象。

"黄杜行动"的新篇章在新生代手上开始布局了。

在外地读了大学、兜了个大圈的贾伟,回来了。这个80后在想,种茶的不只是"茶农"吧?是不是还可以成为"茶人"?他还想从"茶"之中悟出一点点"道"来。

90后盛茗,盛振乾的孙女,也到外边见过"大世面",转了几转,回头一看,自家黄杜的"世面"也不小。于是,她回到老家,上下求索,想探一探作为文化承载的"茶"到底有多少深意。

乡村振兴,黄杜用心。

黄杜人要走新的路,要闯新的关,迎接"美好未来"。

他们更加努力培育品牌、保护品牌、经营品牌、擦亮品牌,思考的是这个茶产业能不能更饱满一点,茶乡黄杜的文化味道能不能更浓一点。

一株茶苗有乾坤,一片茶叶见精神。

这片叶子,引领着黄杜人甩掉贫困的阴影,走上明亮的小康之路。

这片叶子,也承载着黄杜人对"小康路上一个都不能少"的深刻认知和用心实践。

这片叶子,见证着黄杜人对"本"的看重与恪守,他们本分做人、不忘本色、守望初心。

也是这片叶子,让"美丽黄杜"看得见、摸得着,让"美好生活"变得实实在在,让"美丽心灵"像欢乐的歌声向远方传唱,让"美好未来"生根、开花……

第一章
黄杜何以成为"黄杜"

黄杜村曾经陷入贫困。黄杜的土,白茶的根,"金风玉露一相逢",惹得黄杜人一门心思扑在茶叶上。如今,一片叶子富了一方百姓,成就了一个产业的奇迹。

黄杜也穷过，黄杜又一脚把"穷"字标签踢飞了。

这中间，发挥能量的，是一个产业的起势与蓄势。

第一片叶子是上苍的馈赠，第二片叶子则是人在推与敲。

是人在拓荒，人的精神是基座，人的勇气是向导，人的辛劳在时时浇灌。

还有宽阔的力量"护航"。

黄杜人起跳，碰触到了地道白茶的芬芳。

黄杜人奔跑，将11.5平方千米的面积拓宽成为安吉白茶的道地产区。

黄杜人站出来捐苗，是因为他们有苗，不愁。

黄杜人主动投入扶贫大业，是因为他们在摆脱贫困上有成打的"黄杜经验"可供分享。

新鲜黄杜，作别苍茫。

一、从"村没有村的样子"到"村越过村的样子"

18岁的小伙子阮安丰胸前别着一朵大红花，身上是簇新的绿色棉布军服，头上是一顶向往已久的军帽，系领章、别帽徽的地方还是空着的，但他已经在想象系上、别上那一刻的神圣与骄傲。

在一片锣鼓声中，阮安丰和家人挥手告别。他光荣入伍了，要离开家乡黄杜这块土地。他多少有点不舍，这是第一次真正出远门；又满怀憧憬，毕竟部队保障得力，吃穿不愁，而且，终于可以去见见外面的世界了。还听说自己要去的地方是福建莆田，在海边。

阮安丰是1994年12月底出发的。此时的黄杜，还是一个躲在浙西北群山旮旯里的小村落，人均耕地1.1亩、林地3.3亩、荒地4.3亩。人盯着这么一些不成气候的土地，没脾气。土地无言，不待见人。人跟土地就这么僵持着。当年，黄杜人均年收入"低于全省全县平均水平，属典型贫困村"。像阮安丰这样能逃离出外喘口气的，多少有点幸运。

在莆田，阮安丰前两年在陆军部队。1997年，党的十五大报告中宣布，在八十年代裁减军队员额100万的基础上，将在今后三年内再裁减军队员额50万。阮安丰所在的部队被转为武警序列。由于表现良好，他在部队入了党，服役延长一年。1998年12月底，阮安丰正式退伍回家。

哪知道离家四个年头，村里不见大的起色。问他当时大家的生活是个什么样子。他就想起这么一件事。

到家没几天，一起长大的好伙伴来看他。三个年轻人坐在墙角晒太阳，叙叙旧。一个大爷在村子里挨家挨户乞讨，迈着沉重的步子，向阮安丰走来。这个壮小伙是个热心肠，想起家里正好备有一点年糕，属于南方过年的应时小点心。他就进屋拿了一些，递给老人家。大爷说，能不能不给年糕？自己急着要用钱，能不能给点钱？一块也行。三个年轻人把口袋掏了一遍，又搜了一遍，一个子儿也没有。

"二十多年过去了，这个事我一直记着，怎么也忘不了。说难听的，都是大小伙子，那时候我都二十好几岁了，口袋里是没有零花钱的。说难听的，这够丢人的了。不是父母不给，他们手头也没有几个钱。你问当时黄杜人是怎么过日子的，大多数人家应该就是这么个样子吧。说难听的，就是紧巴巴的。这个事还没法跟现在的年轻人讲。你说口袋里没钱，他们就说口袋里本来就不带钱的，用手机微信扫一扫就是了，没法对话的。"阮安丰说。

谈起以往的艰苦日子,阮安丰的口头禅是"说难听的"。

20世纪八九十年代的黄杜村,说难听的,"村没有村的样子"。这么说,黄杜人并不觉得有什么不妥或冒犯。他们自己也打趣说,当时看新闻,经常有"改革的春风"吹到哪里、哪里就变富裕了的说法,"大家就不明白了,怎么这么巧,这个'春风'偏偏绕开了我们黄杜"。

当然,凡事要讲个事实。有一个说法,就是当时黄杜太穷了,小伙子找不到媳妇,人家姑娘不肯嫁过来,是个"光棍村"。黄杜人觉得,这么说就过头了。他们的理由是,如果真的是一堆"光棍",现在怎么还有这么多后代?这不符合事实。穷确实是穷,但是不到这个程度。

宋昌美倒是安心乐意嫁过来了,没想到婆家给了她一个"下马威"。

北方过节日,饺子是标配。江南一带,餐桌上不可或缺的,就是鱼。安吉这一带,无鱼不成宴。宋昌美的婆家,上的则是木头鱼!这算不上什么风俗,关键还是手头紧张,这个大菜又不能少,这个彩头还要有。于是,就想出这么一招,重在象征意义。

跟宋昌美一样，叶海珍也是"外来人"，只不过她是来这里工作的。

1995年，叶海珍从当时的安吉县安城镇党委副书记的任上，调到溪龙乡出任乡长一职。乡政府所在地，跟黄杜村是紧挨着的。这里的土，给她留下深刻的印象，"车子开到黄杜，50米的范围内看不见人影，黄土飞扬。夏天的时候天气炎热，地上干燥。它是黄泥巴，泥土是酸性土壤，要是下雨，一脚踩下去，把鞋子的帮都给淹了"。

钟玉英是黄杜人，也嫁在黄杜。谈起以前的日子，她感觉那时候老是在羡慕人家。丈夫杨学其外出务工，到嘉兴的平湖盖房子，是楼房。他就想起自家的平房。回来跟钟玉英说：什么时候咱们要是能建个楼房住住，就好了。他见了电话机，挺新鲜的，有了兴趣。就跟钟玉英说：什么时候咱们要是有个电话机，就好了。钟玉英姑姑家在山里，去一趟抄近道要走山路，弯弯曲曲的，碰到下雨，脚下不是打滑，就是让黄泥给粘

◆黄杜村老照片

住了。有一回,杨学其边甩鞋上的泥巴,边耍上了臭脾气:你姑姑家,今后不来了!

对黄杜的黄土有意见的,还有李粉英。

她的娘家在天子湖镇,位于安吉县北部,当时大家都说黄杜村是"北大荒"。听说她要嫁到溪龙乡的黄杜村,知道"行情"的人好言相劝,还是慎重一点好,那里可是比"北大荒"还要"荒"。李粉英有主见,认准了这个人,就不回头了。

女儿的大事,做娘的操碎了心。李粉英对娘说,"姑娘的命,菜籽命",就这样吧。

这是说,一粒菜籽,要是落在肥料上,长得就好;要是落在干泥巴上,就长不好。这粒菜籽,落在哪里,由不得自己。

嫁到黄杜住下来,李粉英发现自己这粒"菜籽"情况不妙。种地,地不应,奈何。推开房门就是山。山一堆一堆的,显得笨重。山之用大致就是柴火。"巧妇难为无米之炊。"柴火保证了这个"炊",关键还是要有"米"。山连着山,阻挡着视线,也拦住了出路。日子过不开,两口子就想办法。他家男人跟着亲戚,跑到江苏盐城阜宁县打工,卖毛竹,做竹椅,补贴家用,日子还是一个马马虎虎。

李粉英有点急了。人是自己选的,路是自己走的,怪不上别人。一肚子的气,怎么处置?"当时我就说气话,黄杜这个地方，没救了，只有黄泥巴。除非黄泥巴值钱了，这个地方才富得起来。"

多年以后，李粉英无法回想起自己是基于什么依据说出这番"气话"的。歪打正着，她还真是说到点子上了。黄杜的泥巴确实特别，也"值钱"了。

后来，黄杜因为种植安吉白茶立住了脚，打出了声望。为何黄杜的安吉白茶喝起来就不一样？科学家想一探究竟。他们把黄杜的泥巴带进了实验室，细细地看。

一片茶叶，好与坏，关联的因素一串串。其生长状况总体上受自然环境的地形地貌、水文、土壤、气候、生物五个因素的影响。拿老百姓的话说，"到什么山，唱什么歌"。林业上有一条原则，叫"适地适树"。这个道理，古人早就琢磨出来了。西汉刘安在《淮南子》中说："欲知地道，物其树。"说的是，什么地儿，种什么树，结什么果。同样地，什么地儿，产什么茶。

就说气候。茶树生长要有光，这是首要的，不过光照不能太强也不能太弱。白茶树对紫外线有特殊嗜好，因而高山出好茶。高山多高合适，也是有讲究的。如果是海拔超过了1000米的坡地，可能有冻害，茶树扛不住。而且偏北坡的地方为上，坡度最好维持在25度以下。

这些条件摆出来，黄杜都接得住。

再说土壤。茶树长得好不好，茶叶的产量如何、品质怎么样，土壤是有"决定权"的。具体来说，土壤里的氮含量、钾含量是最有"发言权"的。氮含量少，茶树的树冠跟着变小，叶片飘落，光合作用降低；氮多了，茶树的茎干脆弱，病害来袭，挡不住。可见，一片好茶，土壤的氮含量要"刚刚好"。钾含量也大抵如此，钾是茶树光合作用的"担当"，又分管茶树对水分的吸收和利用，还影响着茶树的抗旱、抗寒、抗病能力。

维持一个好的生态，处理好"对立面"是关键。镉，是个"捣蛋分子"，可以改变土壤环境，影响微生物群落结构，抑制作物生长，一旦随着食物进了肚子，对人体健康有害。土壤是作物中镉含量的重要来源之一。茶树生长，容不得土壤中的镉"撒野"。

不是什么地方都适宜种茶，茶树有自己的性格和喜好，有自己个性化的要求。在长期进化过程中，茶树形成了喜酸耐铝、忌碱忌氯以及喜钾、硅、低铁、锰等特性。科研人员将黄杜的土壤研究了一番，发现这些由"砂岩、泥页岩发育的黄红壤"，硅、铝、钾含量高，铁、钙、镁、钠的含量尽量往低处走,而且这些重金属的含量,远低于国家关于无公害茶园土壤环境质量标准的限定值。也就是说,这些元素都很"乖巧",适量适中,各就各位。

黄杜的土层深厚,比周边地区的土层都要厚,这有利于茶树根系的发育和对土壤中元素的吸收。黄杜的土,少有片状砾石,质地为"粉砂质黏壤土",有利于保水、保肥和根系呼吸,不像周边的土,属于"侵蚀性红壤石砂土",光听这名字就感觉不妙。

所以,在这片土地上种植的茶,就是不一样。"研究表明,与浙江名茶相比,安吉白茶中氨基酸、咖啡碱、儿茶素含量最高,硒含量已接近标注天然富硒茶的含量标准,锌含量已达到标准富硒茶的标准,重金属远低于国家绿色食品茶叶的卫生指标的限定值。这是与普通绿茶在品质上的突出区别。"

也就是说,黄杜的土,白茶的根,"金风玉露一相逢,便胜却人间无数"。

这一片叶子,让黄杜人的日子顺畅了起来。昔日的黄土瘦地,成了黄杜人的"聚宝盆"。

现在的黄杜,用一句话说,就是"村越过村的样子"。

以往到一些工艺品市场参观,总是能看到一排排的"茶海",就是对树根进行雕刻加工,用于烹茶、品茶的家具。心想,这么一个大家伙,占地方,价格不菲,哪里用得上?酒店大堂?高档茶艺室?到了黄杜,才知道其中一部分到村上来了。

如今的黄杜人家,茶是日常,是烟火,是不经意间的随手"口粮"。"家人闲坐,灯火可亲",茶往往还是一个主角。说着说着,话题免不了跑远了。不着急。兜转几圈,大体还是要折回到"茶"上来的。

客人登门,少不了一个"节目",就是围着茶桌或茶海,

◆黄杜村民居

说说话。上茶。茶叶当然是自家的。左手拈一点，放在右手掌心。手指滑一滑。一个欣赏、满足的眼神。轻轻一吹。顺入玻璃茶杯里。再拈出一点……余下两三叶，返回。

这个茶杯，杯身上印着自家的茶叶品牌、商标名称、公司网址，有的还提供"品鉴热线"，还有口号——"浙江历史从这里开始，安吉白茶从这里飘香"。杯子里的叶子，随着滚烫的水流醒来。徐徐舒展，酝酿清香。茶汤的色泽轻声绽放。主人举起杯子，头微微一侧，欢喜地笑："喏，喏，你看这叶子……"

酣畅茶聊，意兴刚好。欠身站起，往门口走。主人把客人茶杯中的叶子清理了。从另外一个茶叶盒里掏出几束，冲泡。捧上。边领着客人出院门，边清朗地笑："拿着吧，拿着吧，这一杯的叶子比上一杯的好，你看看这个颜色……今后你就用我家的这个茶杯喝水吧，顺便给我们打个广告，哈哈……"

黄杜人家的房子，有农家小院的气息。推开家门，近处或远处，能看见山。不是荒山，是青山，黄杜特产白茶苗，一团一团的，把荒山都"攻下"了。一个傍晚，我还见着有人家劈柴。一截厚木头垫底，再架上一截木头，壮小伙抡起柴刀使力气。木头和木头撞击的声音，清脆，就着一抹晚霞和幽静的田野，流淌出让人不想言语的空灵。

这里毕竟还是农村，多少保留着"日出而作，日落而息"的气氛。清晨，黄杜人早就起床，开始一天的劳作，往茶山上看，总是能见着人影。中午11点左右就做好午饭了。下午刚过5点，乡间的炊烟开始缓缓升起，路上似乎立即忙碌起来，这是忙乎着要回家吃晚饭了。城里所谓的"夜间经济"，感觉在黄杜施展不开拳脚。

不过，黄杜的日子是季节性的。"静如处子，动如脱兔。"在茶季，也就是每年的3月底4月初，安吉白茶开采。古人留下的诗句"乡村四月闲人少"，要是放在黄杜，还是有点柔润。

那是一个生猛的季节。这时的黄杜，节奏就像是从舒缓、轻快的民族舞，突然转向动感、喧闹的街舞。"立夏茶，夜夜老，小满过后茶变草。"安吉白茶就是那么一个"窗口期"，到了节点，"一叶值千金"，过了时间，"落叶凌乱化春泥"。黄杜人拧紧发条，嗒嗒嗒，把日子赶着往前过。

这时的黄杜，到处都是人，平时一千四五百人生活的地盘，一下子涌入两万多人。

采茶工占了大头，一般是从外地来打短工的，主要来自安徽、河南、山东、江苏等地，以四十岁到六十岁的农村女性闲散劳动力为主，她们相对固定，候鸟一般，每年春天赶到黄杜，二十多天的采摘期结束，就如期返乡，打理自家的活儿。她们到了黄杜，黄杜人开工资，包吃包住。叶子在她们的指间轻盈飞舞，她们是大自然美好树叶的发现者，也是"搬运工"。

◆采茶

再是炒茶工。茶叶采好了，制茶是个重头戏。白茶娇嫩、贵气，炒制是很难掌握的工艺，出品质三分钟，失品质几秒钟。人工炒制的温度、时间、翻炒的均匀受热面等，都是一门学问，需要高手、熟手来操持。好的炒茶师傅，黄杜人礼敬有加。

还有茶商。耳闻不如一见。他们带着鼻子来，带着眼睛来，嗅着青叶的香气，看着青叶的色泽，用洗净的双手摸摸青叶的质地。踏实了。满心欢喜。茶叶炒好了，马不停蹄，给好这口的送上酝酿了365个日日夜夜的新味道，送上青叶之间洋溢着的春天气息。

这个时候的黄杜人是铁打的，恨不得有"翻跟头"的能耐。种田的都说"双抢"，就是夏天要抢收庄稼，又要抢种庄稼，赶在一起了，说茶季"双抢"还不够，最起码是"三抢""四抢"。

你问黄杜人是不是没法睡觉？黄杜人伸出两个手指。意思是一天只睡两个小时。而且这两小时往往还是随地而卧，可能是沙发上，还可能是车里。

黄杜人说，这个时候的黄杜，白天是白天，晚上也是白天。

热火朝天、人山人海、夜以继日、加班加点……这些书本上的用语，原本只是形容，在这个时候的黄杜是活生生的。这时的黄杜，就像是一项大型工程的施工现场。

"茶季的黄杜村是独特的，整个小村庄都浸润在茶香中，空气中也弥漫着茶的香甜，每一株茶树后面都有忙着采青的工人，每一座厂房都有不眠不休的茶人，只为做出一年里最好的一泡茶。"这是黄杜人贾伟印象中的黄杜茶季。

"非常时刻"的茶季毕竟短暂。茶季翻篇，黄杜又回归"日常时刻"，顺着原来的节奏，继续着与大自然合拍的悠然和安宁。

在"日常时刻"，到黄杜走一走，更多的感受还是这里超出了惯常意义上的农家范围。浙江农林大学茶文化学科带头人、第五届茅盾文学奖获得者王旭烽好好地在黄杜逛了一圈，用时一个小时左右。初步的印象是路好，平坦、开阔。她起初不理解，这里怎么不通公交车？当地人跟她说，早先公交车开通过一段时间，由于乘客太少了，慢慢也就停了。

黄杜人少？黄杜人不爱出门？不是的。原因是基本上这里家家户户都有自己的"座驾"了。

黄杜农家小院里停的车，颇为直观的是数量。每家往往是一辆小汽车，还有一辆运输车。一辆用于生活，一辆用于农活。出门干什么事，开什么车。有的人家还有好几辆小汽车。问了问，原来是你开你的，我开我的，各有所好，各有所属。再说车的品牌，私家车市场上热门的大致都有，好一点的也不缺。路过一家，当地朋友往院子里一指：看见没，就是那辆，这款车在整个安吉都是买的最早的。当年在路上跑，跟个漂亮姑娘一样，回头率高。有人说，把黄杜人开的车摆出来，撑得起一个小型汽车展销会。大体不差。

黄杜人家，居家摆设、内部结构、装潢设计，自然各家各异，但总体上与都市人家接轨。不同的是，这里的住房是讲究挑高的，屋大房大，进门就感觉空阔，不局促。住房的近旁，是有厂房的，里边摆着用于制作白茶的设备，杀青的、理条的，摊青的，分区域摆放。有的是平房，有的三四层，设有茶室、茶吧、茶展厅。厂房紧挨着的，还有宿舍房、大通铺，或是上下铺，用于茶季采茶工人休息。

如今，黄杜人家的房子，既用于居住，也用于茶叶加工，还用于茶叶经营。按说种茶叶也是一项农事，黄杜人还多是农民身份，但他们在社交时老是被人以"×总""×老板"称呼。这不是客套，也不是玩笑。各家有自家的茶场，在工商部门注册了公司实体。在"安吉白茶"这个"母品牌"的大树下，各家有自家特色的"子品牌"。茶场的名称，要么刷在自家墙壁上，要么在院子里立起一块牌子，要么干脆立起一块石碑，给当地书法家一个各擅其能的机会。

阮安丰给自家的茶场取名"葡茗茶场"。他喜欢吃葡萄，又想葡萄是人人爱吃的，要是每个人像喜欢吃葡萄一样喜欢喝茶，多好的事。他把自己的期待，存放在茶场的名字里。

说起以往艰苦的日子，阮安丰嘴边挂着"说难听的"，言语之间有些激动。说起现在的生活，他自觉或不自觉地变了调子，平缓了，欢快了，喜欢说"这日子，可以"，或者是再加重一点语气，"真的可以"。

黄杜人的日子，是不是"真的可以"，有这么一篇文章道出了其中一二。2010年春节前夕，时任溪龙乡党委委员的夏靓接到电话通知,说是电视台要到黄杜村采访,围绕新农村建设话题,时间比较紧,能不能事先找找合适的采访对象,大致规划一下拍摄线路。夏靓就动身到黄杜踩点。

一路走来一路看,一边观察一边聊,忙乎老半天,对于采访线路到底怎么走,邀请哪些人接受采访,夏靓有点举棋不定。

转念一想,夏靓就释怀了。"其实采访根本不用安排特定的路线,黄杜村处处是风景:白茶主题灯箱高挂村道两旁;新建白茶公园里'徽宗和《大观茶论》'大型雕塑讲述着白茶发展渊源;村道沿线镌刻着文人墨客咏茶诗句的文化石与一路绵延的茶山绿带遥相呼应……在摄影记者的眼里,这一路都是盎然景致,哪里都能取景。"

◆ 白茶公园

至于采访对象,"如今的黄杜村,每个人都能头头是道地说上种茶经","一位茶农就有一部自己的致富故事"。

她的结论是:"黄杜村人的故事应该就是新农村建设成果的最好诠释。"

这篇文章的题目是《白茶园里春意浓》。

黄杜人的日子,就是"春意浓"。

"真的可以",是黄杜人对现在生活的一个总括性感受。他们说,以前黄杜的男孩子娶媳妇有点麻烦,女孩子老是想着嫁出去,找个好人家。现在情况有变化,黄杜的男孩子从外边娶个女孩子回来生活还是很顺利的,女孩子却不想嫁出去了,她们喜欢"窝"在家里,要是看中了外边的男孩子,就顺手领回来,在黄杜安心过日子。

宋昌美现在是个大忙人,送走几位客人,又迎来几位。她的茶叶生意很红火,在溪龙乡政府邻近的白茶大道上有一栋大房子,经营着自己一手打造的"溪龙仙子"白茶品牌。房子的一部分辟出来,做成一家商务宾馆。临近饭点,宋昌美时常留客人就餐,"食堂里有的,随菜便饭,不用客气的"。

距离她的公司几分钟路程,是一家餐饮小门面。店里的招牌美味,是所谓的"鱼面",就是红烧鱼块跟面条拌在一起,面条有鱼味，鱼块有面香。一边享受着面条的顺滑，一边剔着不期而遇的鱼刺，需要一点"左右开弓"的阵势，别有情趣。早餐来一碗热腾腾的鱼面，一个上午元气满满。

好这口鱼面的，在这个小门面进进出出，大多不知道隔壁这家公司的老板娘曾经为一条鱼而犯愁。

宋昌美家的男人姓张，名乐平，他们家的茶场全名"安吉县溪龙黄杜乐平茶场"。这个名字，还出现在一部电视剧片尾的"特别鸣谢"名单里。

2011年7月6日，黄杜比以往热闹，人多了，车多了，各种说法也多了。以往只能在电视上看见的人，这回来到家门口了。当天，电视剧《如意》在这里开机，马上要出场的演员到底有谁？这引起了黄杜人的兴致。

这部电视剧的故事，时间放在清末民初，主体是谭家和佟家两大家族的恩怨情仇。这两个家族，都是茶商，自然要围绕着茶说事。剧情设置的主要场景"乌茶镇"，是一个既有江南风味又有怀旧情调的地方，特别是成片的、有声势的茶园是"刚需"。这么一个地儿，得是实景，摄影棚搞不来的。适合的取景地和拍摄地到底在哪里？剧组转了一大圈，最终在"黄杜村"这三个字上画了一个圈。

包括宋昌美家乐平茶场在内的黄杜万亩茶园，让《如意》

剧本上对茶园的文字描述，有了实实在在的、活泼泼的场景。

这部电视剧第一集刚开始，是一群鸭子在湖里缓悠悠地游，镜头上移，再横移，绵延无尽的茶山，青翠、静谧。这就像是一部长篇小说开篇的环境描写、景物描写，给整部作品确定故事情节铺展的基调。《如意》开篇，黄杜的风景，俨然成了"主角"。

片尾"参加演出"部分，有一个名字是"金丽丽"。她是黄杜村的，平时就在家种茶。这次家门口要拍电视剧，招聘群众演员，这是新鲜事，正好有空闲，她就报名了。

佟家少爷生病住院了，金丽丽演的是照顾他的护士。她之前把头发染黄了，有人跟她说，那个年代的护士是黑头发。她专门跑了一趟美发店，染了回来。在剧中，她的任务只是给医生递递东西，做一些简单的护理动作，但她感觉挺好，"演得还是很过瘾的"。

当群众演员，一天的报酬大概是50元。金丽丽当然不是奔着这点补助来的。她只是好奇。开自家车来到片场，换上剧里的衣服，化个妆，候着。金丽丽喜欢这个感觉。

和金丽丽一样来过把"戏瘾"的黄杜人，还有不少。《如意》的主要场景在茶园，就着茶说事，自然要有采茶的镜头。这是黄杜人拿手的。穿上对襟的长衫，腰挎竹篓，指尖在茶叶间穿梭着，动作娴熟，干净利落。剧组要的就是这个专业的架势，黄杜人操持这么个吃饭手艺不费力。

电视剧拍好了，剧组撤离了，黄杜的风景不寂寞。酒店行业开始钟情这片浓浓的绿。

在电视剧《如意》中谭府、佟府房子的周边，现在是一家酒店，全称是"帐篷客·溪龙茶谷度假酒店"。

酒店的运营方是景域（驴妈妈）集团，总部在上海。这家公司是从旅游规划起家的，客户对高品质的旅行有什么期待，旅游景区有哪些普遍的短板，他们都有细致的研究。

衣食住行，"行"的时候怎么"住"得舒适，大家越来越在意。比如，一些风景区在符合政策要求的前提下，周边建有酒店，喊出"住在景中"的诱人广告。不过，酒店还是任何一个城市任何一家酒店的模样，找不到"住在景中"的感觉。

这个问题，是客户的一个普遍困惑。风景区的酒店应该长什么样？景域（驴妈妈）集团创始人洪清华试图回答。

"就是一家代表本真、自然的酒店，来到这里的客人可以完全放松自己，忘记喧嚣，找到自在的生活状态。"洪清华说。

人在什么环境下感到自在？家。酒店要有"家"的感觉。如何在新环境中营造出"家"的氛围？人来自天南海北，各人有各自的家,对"家"的感受千差万别。那就往根子上追溯:人类最初的家在哪里?

"我们的祖先居住在山洞里,打猎、捕鱼,过着刀耕火种的生活,又慢慢从岩洞里走出来,从树上爬下来,摆脱天然的野居环境,开始搭建最早的房屋——帐篷。"这么一梳理,洪清华有了一个"帐篷"的念头。

这是酒店的一个概念性造型。将人类原初的"帐篷"放置在一个什么样的环境之中,是关键。这个酒店要"野",要有水,有融入原野、走进自然的感觉。洪清华还有一个更细化的指标:到这里住宿的客人,用手机拍照,不用选景,不用构图,不加滤镜,也就是"盲拍",都是美景,天然的高颜值。"我希望客人离开的时候手机里要留下18张图,够发两个九宫格朋友圈。"

这家酒店建在哪里,也就是具体选址,是洪清华和团队要考虑的核心问题。走了不少地方,见过不少人,一些合作意向还很清晰,但棋子始终落不下来。他们总觉得有更好的,有那么一个地方,让人没有遗憾放下所有的犹疑,一锤定音。

"后来我到安吉考察,站在溪龙乡黄杜村延绵的茶山上,就想马上搭个棚、架张床住下来。这个地方让我愿意付1000元钱住一晚,所以当时就在心里暗自下了决心:第一家帐篷客酒店非这里莫属了。"洪清华说。

2014年10月18日，帐篷客·溪龙茶谷度假酒店正式开业。

他们给这家酒店定义为"野奢"酒店。"野"，说的是环境，真正的山野、乡野、郊野、田园，建筑的外观原生态，有乡土气息。"奢"，说的是酒店内部的构造和服务的水准。

"溪龙乡万亩茶园一年四季常青，春季翠嫩，夏季茂盛，秋季葱茏，冬季茶花盛放，每个季节都有它与众不同的美。到了晚上，可观星象、玩篝火，看到流星也是常有的事儿。"洪清华给这家酒店写过一篇文章，对黄杜的风景不吝赞美。文章的标题有点长，但元素饱满：《敢不敢来帐篷里撒点儿野，茶香伴月可摘星》。

◆帐篷客·溪龙茶谷度假酒店

黄杜的风景是有气场的。在这样的自然风景面前，是不敢也不想"撒野"的。"外来者"在黄杜，都要顺着这个气场。酒店在总体设计上追求原生态，一边低容积率，一边高绿化率，建筑面积和环境面积比控制在1∶4。

建筑是"客"，黄杜是"主"。历来讲究客随主便，反客为主是犯忌的。建筑学家吴良镛说过，好的建筑、美的建筑是从大地上"茁长"出来的，是在本土文化的浇灌培养下成长的，是在地方特有的历史地理条件文化基础上成长的。

这家酒店将这个共性原则具体化为"双本"，也就是"本来的"和"本地的"。土地还是土地，能不硬化就不硬化，周围一根电线杆也见不着，酒店内部的竹、木、石，都取自天然。建筑是非永久性的，除了公共区域部分采用混凝土等常用建筑结构，其他区域全部采用轻质"木结构"和"钢结构"，以摒除厚重的都市建筑感。

尊重"本来的"，有自然环境的"本来"，也有人文环境的"本来"。既然"安家"在茶乡，对茶自然要有礼敬的表达。他们就在客房的命名上下功夫。24间客房，有的就取名于《茶经》，比如"静沸"。有的源于宋徽宗赵佶的《大观茶论》，比如"凤饼"。这间"凤饼"，客人在露台上就可以随手采茶，"人和自然好像可以交流了，就像《ET（外星人）》电影中，外星人和人类小孩指尖相触的瞬间，一切尽在不言中"。

来到这里的住客，一个突出的感受是自然的美。他们留言说："最好的背景是有云的蓝天。""在餐厅吃饭，欣赏窗外的火烧云。""住在水边、躺在床上，看到的风景特别美好，茶园边、山林里呼吸舒服的空气，晚上天空繁星点点……"

这家酒店也属于"网红打卡地"。黄杜的风景，对于酒店经营方而言是一种成全，圆了他们打造一家帐篷酒店的梦，促成一个品牌不仅从概念性的构想落地了，还成长了。对于黄杜来说，这家酒店是一抹亮色，给了黄杜人一个信号：偏远山区、乡野村落，也可以很时尚，乡村的风景也是一块"宝"。

行走在黄杜，时不时要定定神的，想想自己到底身处何方。是农村，还是景区？是茶叶生产制作区，还是茶叶集市？都是的。可谓"亦农亦工亦商亦景区"。

从"村没有村的样子"到"村越过村的样子"，这中间到底发生了什么？

从过去到现在，是一个悠长的时空隧道，由无数个日子填充起来。日子与日子叠加、绵延，使之蓄满了内在的张力。黄杜从贫困迈向富足，黄杜经历的蜕变，是饱满的"黄杜故事"，是摆脱贫困的一个鲜活样本。

二、两横一竖,一个字,干就是了!

把"穷"字赶出家门,过上好日子,是黄杜人一直在想的事。

都说"扶贫扶志"。摆脱贫困,"志"是管总的。"天虽宽,不润无根之苗。"志气就是这个"根"。

黄杜人自有"志"。

黄杜是比较典型的"七山一水两分田"。水,占比只有可怜的"一",谋生活、过日子,是靠不上的。山,总量上是占优的,不过那时总是跟"荒"捆绑在一起,不中看,也不中用。这么说来,只好琢磨"田"了。

为了发家致富,黄杜人一门心思盯着手头的这点"田"。他们在这点"田"上使力,甚至使蛮力。"春雨贵如油,多了也发愁。""夏至落雨重做梅,小暑落雨做三梅。""处暑的雨,粒粒是米。""立秋栽葱,白露栽蒜。""冬雪是宝,春雪是草。"当地流传的这些节气俗语,是他们基于长期的农业劳作积累起来的。有的更直接,像警句——"谷雨立夏,不可站着说话。"赶紧干活吧!

"芒种芒种,样样要种。一样勿种,就要落空。"他们种板栗。收成不行。那就换，种杨梅。卖不出去。辣椒总可以吧？还是一个白忙乎。听说种菊花不错。最终还是收入微薄，生活没有怎么改善。好像茶叶也是可以的。老茶叶，土茶叶，种起来。产量上不去，质量跟不上，销路一时也打不开，只好自家喝起。

怎么办？有的干脆外出务工，随着打工潮，天南海北找出路。有的跟七大姑八大姨好言好语，七拼八凑，买了个小货车，跑运输。

"那个时候，我们确实是穷。但是呢，人穷志不短，还好长。大家都在折腾，想办法，不是说算了吧，横竖是条穷命。不是的。都在闷头想，横竖要过上好日子！"黄杜村原党支部书记盛阿林说。

也就是说，为了摆脱贫困，为了过上红火的日子，黄杜人不是"坐、等、要"，不是望而却步，不是自暴自弃，而是提着一口气，耐着性子，想着法子，去寻找各种可能性。

湖州市委党校卢晨昊博士通过实地调研发现，无论是上世纪贫穷的黄杜村还是现在富裕的茶村，有一点，黄杜始终没有变，就是所有村民的致富理念和勤劳习惯。他们一直在寻找适合黄杜村致富的模式，从未停歇过。

虽然有点"屡战屡败"的意思，但是"屡败屡战"的志气总是有的：摆脱贫困的念头在疯长。

而在一些贫困地区，村民习惯于自给自足的传统生活方式，大多满足于日常生活需要，并不太注重对农产品品质的追求，致富的愿望时常处于"熄火"状态。

"农村要脱贫，农民要致富，最大的难点在于村民理念的转变。黄杜村从一个贫困村到富裕村的转型，根本原因就在于村民致富愿望非常强烈，他们通过多次尝试，最终实现了'一片叶子成就了一个产业，富了一方百姓，振兴了一个乡村'。不仅如此，他们还为党分忧，以白茶产业和技术扶持为抓手，带头先富帮后富，为打好脱贫攻坚战贡献力量。由此可见，乡村振兴，脱贫攻坚，最根本的也是需要率先做的，应该是发挥理念的先导作用，激发农民的脱贫意识和致富愿望，从而为农村发展提供不竭动力。"卢晨昊说。

黄杜人身上为何先天性地有着这么一股往前奔的劲头？或许可以从浙江人的性格基因里寻找到些许答案。

浙江人有个显著特点就是"兴业不倦"。他们务实，不玩虚的，对创业有天然的兴致，有从商的灵气，"致富经"念得顺溜；他们自强，舍得卖力气，埋头苦干，善于"无中生有"，在不可能的地方挖掘出更多的可能；他们开放，愿意吸收新鲜知识，乐于到市场大潮中去搏击，成为自己生活的主人……

黄杜所在的湖州属于浙北，这里创造着经济奇迹。有研究说，浙北经济的发达，主要得益于吴文化背景下的浙北人的精致、唯美、勤劳、忍耐、懂世故、守秩序，而这种价值观念十分适合于工业化发展要求。这里的人安土重迁，注重实业，主要是从农业走向工业，而且还有一个共同特点，是"精管理、巧安排"。

这就是说，黄杜人的原初性格里就有一股韧劲，甚至是狠劲。

黄杜人之中就有见义勇为的故事。

十几年前一个冬日的凌晨，黄杜有人家发现有小偷进了门，就喊了起来："抓贼！有小偷！"这喊声，把住在路边的杨学士惊醒了。天寒地冻，杨学士还是翻身下床，穿着棉拖鞋，顺手抄起一根木棍，冲出了门。

夜正黑，只见一个男人骑着自行车，正慌张地向自己这边奔过来。杨学士大嗓门儿亮起来："什么人？什么人？快停下来！"这男人见有人拦截，掉转车头，往回跑。杨学士疾步追上。

突然间，路边蹿出几个人，拿着手电筒，冲着眼睛照，杨学士的双眼都睁不开了，用手挡着强光。他们见状，疯狂地操起刀子，一边叫嚣着"多管闲事，弄死你"，一边朝杨学士的身上刺来。

杨学士设法躲闪，但有点来不及，背部、颈部和脸部都被划伤了，鲜血直流，一个大石块还击中了他的腿部。疼痛袭来，杨学士顾不上，抡起木棍跟他们搏斗。动静这么大，附近的村民都起来了。这伙人一看情况不妙，朝田野的四面八方，拔腿就跑，不见了踪影。

杨学士是一条汉子，被授予"浙江省十佳见义勇为先进分子"。

同是省级荣誉，黄杜人盛阿林也拿过。

1946年出生的盛阿林，我们这片土地上典型的老农模样。黑，是经历过太阳、风雨"袭击"留下的痕迹，一种健康的肤色。双手粗短，长着茧子，一粒粒的，看着有新疆葡萄干一般的质感。脸上有沟壑，一道一道的，占据着额头和脸庞。早就过了古稀之年，不染发，没什么白头发，也不掉头发，一根一根的，倔。

当初黄杜人的日子总体上过得不顺畅，盛阿林家还是可以的。他脑子活，点子多，善交朋友，自己做点生意，手头相对来说还算宽裕。村里有一个集体茶场，后来搞承包，盛阿林接住，签了合同，一年的收入还不错。

妻子尹新莲当时是村妇女主任，时不时想做点事，比如逢年过节搞点慰问活动，经费不足，就跟盛阿林商量，家里能不能出一点。盛阿林同意了，"钱在她手里，自己老婆，没办法的！"于是，这次一百，下次两百，家里的钱"充公"了。盛阿林说，自己出手"大方"，不计较这些，跟性格有关系，也跟手头还行有关系，只要老婆高兴，掏个一两百不打紧。

日子就这么往前走着。盛阿林的人生轨迹，在1990年10月拐了一个弯。一天，溪龙乡的领导找他谈话。盛阿林的第一反应是乡里要办什么事吧，是不是要出点资金？乡领导笑着说：不是要钱，是要你这个人。这是请他出任村党支部书记。

盛阿林有点蒙。自己的小日子过得去，还有继续往上扬的意思。当时村里的情况不妙，一团乱麻。这个村支书，是个"烫手山芋"。

乡领导在劝，盛阿林在婉拒，左一个不合适，右一个还是找别人吧。转念一想，自己是1982年6月23日正式成为一名党员的，已经八年多时间了。这是组织谈话，难道要当逃兵？

这么一问，一下子就被击中了。

两横一竖，一个字，干就是了！

盛阿林刚接手，就感觉肩膀上的担子重了。翻翻村里的账本，探探"家底"，发现已经欠下外债6.7万元，内债1万余元。

走在路上，话风变了，有人不怀好意地打趣说：看，"吃白食的"来了。

这也太不是滋味了!

催债的也来了。1万余元的内债,是村里搞基本建设,拖欠农户小工的工资,牵扯不少人。

家里坐着,上午、下午、晚上,时不时有人来问。路上走着,也在问。

有人轻声问:什么时候村里给我们把账结了?就那么几个钱。

有人喊着问:什么时候村里给我们把账结了?就那么几个钱!

有人嚷着问:什么时候村里给我们把账结了!就那么几个钱!

那段时间,家里来个人,路上远远地见着一个人,盛阿林就想:又是一个要债的?

面对大家的盘问,盛阿林的回复是三句话:没有收入。确实没钱。缓一缓吧。

本乡本土的,抬头不见低头见,有的还沾亲带故,这么"应付"几句就算过去了。问题是,外来的压力接踵而至:电力部门要求限期结清因抗旱拖欠的4000多元电费,否则就拉闸停电!

嚯!当村支书原来是这么一个感觉!

要是停电了,老百姓肯定不干。盛阿林想办法先垫付了这笔钱,补上了这个漏洞。

这笔电费,是分摊到各家各户的。村里上门收取,有的还算痛快，交上了。有的手头确实紧，能拖就拖。有的生闷气，抗旱抗旱，田里的秧苗还不是都枯死了，还要来收电费？

停电？那不行！交费？那也不行！就是这么个逻辑。

烦心事一桩接着一桩。

村里要建水库，县上拨款5万元。这是好事。盛阿林拎着布袋子，到信用社取款。信用社工作人员不干了。说黄杜村还有一大笔欠款，这5万块钱正好把这个窟窿补上。这让盛阿林愣住了：还有这么一个理？又想了想，还真是这么一个理。两手空空，打道回府。

回家细琢磨，感觉不对，建水库的钱还是要"专款专用"。农作物喝不上水，白长了。村上的欠款，再想法子。一码归一码。盛阿林再度出马，自己好说歹说，又请"外援"出面"说情"，硬是把这笔款项给争取下来了。

村外的事耗神，村内的事也费劲。

山林可以承包经营了，这也是好事。不过，有人就看不顺眼，"你砍我家的竹，我偷你家的树"，这类事时常发生。有村民发现了，就找盛阿林告状，讨个公道。这确实是个坏风气。盛阿林就领着村干部，制定了一份村规民约，对偷砍竹木的行为给予处罚。有人"顶风作案"，盛阿林将人情搁置在一旁，依照村里的规定，下手了。这惹得人家心里不爽，把盛阿林责任山上的毛竹拦腰砍断不少。

盛阿林上山看了看，没吭一声，回家了。躺在床上，闷了好一阵。冲到大道上，喊了起来：砍光我家的毛竹，我盛阿林照样能活下去。但要我改变观点，变制度，取消处罚，万万办不到！

"不骂第一声，不打第一拳"，这是盛阿林给自己定下的规矩。人的韧性，不是在嘴巴上、拳头上，是在心上。

他身上的韧性被激发出来了，带领大家过上好日子的念头始终在脑海里盘旋。

村里的砖窑塌了，砖窑师傅另谋出路，留下的几万块砖坯眼看着就要毁了。盛阿林和村干部一起，动手修砖窑、上山备柴火，忙前忙后，一块块成品砖又"出炉"了。

黄杜村坐落在山冲里，村民们依山而住，门前那条弯曲、窄小又坑洼不平的机耕路，是进出黄杜的唯一通道。这条路的运输能力差，把黄杜给卡住了。盛阿林想在这条路上动心思。

费用是头等大事。盛阿林施展自己的"坐等"功夫。到安吉县交通局、溪龙乡政府摸情况，打听是哪位领导管事。再坐到单位门口，站在办公室门口，甚至等到家门口，说情况，表决心，求支持。这是一头。还有另一头，修路是要征地的。道路附近的农户，思想工作要通。

几多辛苦，终于算是顺当了，就要开工。上工的突然在传，做这个工，是拿不到工钱的。在这么一个节骨眼上，此类传言容易导致"军心不稳"。盛阿林把胸脯拍得咚咚响：如果年底前不把工钱送到大家手上，你们就来掀翻我家的桌子！

土办法，有时是管用的。

修路的事，是自己牵头搞的。哪有袖手旁观的道理？盛阿林跟着大家一起干。

1992年10月，黄杜的这条大道贯通了。盛阿林还记得一个关键数字：这条路，长4.67公里。

"致富路""希望路"通了，并不意味着就可以"守株待兔"。盛阿林还是往外跑，包打听。

也是1992年，他得知世界银行有一笔贷款，用于开发红壤项目，有意向落在安吉。县里正在忙着物色合适的地方。黄杜的土，都是红的啊！这等好事，岂能眼睁睁看着溜走呢？

盛阿林再度施展"坐等"功夫。这个事，涉及开发办、林业、农业、水利、银行等多个部门。先把人头摸清楚，再守在单位门口、办公室门口、家门口，说情况，表决心，求支持。

用心人，人不负。项目在黄杜落地了。

这是第一步。村里的山，大都给村民承包了。种什么，怎么用，各有各的想法。现在项目化了，是有要求、有标准的，需要规划，栽种板栗、套种西瓜和黄豆等。这是要统一意见的。一纸命令，简单，却不一定管用。盛阿林的办法是尽量面对面做工作，有时还利用晚上时间，进这个山冲，跑那个山弯，跟大伙儿把事情说个通透。

项目真上马，黄杜添活力。

效果如何？2002年6月《中国生态农业学报》杂志上有这么一篇论文，《红壤地区小流域农业综合开发治理研究——以浙江省安吉县黄杜小流域为例》。王卫平、钟传声、徐杨冲、李莹莹四位作者，基于黄杜小流域的考察，提出红壤地区以小流域为单元进行农业综合开发治理的原则。

具体来说，就是红壤地区小流域应该分上层、中层、下层进行开发治理。上层封山育林，涵养水源；中层开发改造，发展经济作物；下层调节改造，稳定粮食生产。同时，配套实施水土保持、土壤改良、畜牧业养殖和水利道路建设等措施，促进红壤地区经济、社会和生态的良性发展。

黄杜在出经验。

盛阿林继续闷头干活。

村上的小学，是几间平房，低矮，光线不好，年久失修，墙体有裂缝，有的地方还能伸进手指。这是危房啊！每天160多个孩子在这里上课，万一有点什么事，得是多大的事！

盛阿林只上过小学,"读书好"是他的一个信念。孩子们在这么一个环境下读书,是他的一块心病。这个楼,得拆。这个学校,得重建。

扒拉算盘珠子,加减乘除,像模像样的,顺顺当当的,预算大概是20万元。再看看村里的"家底",凑一凑,勉强有个1万元。这个缺口,实在是太大了。

有人也是好心,说:缓一缓吧。要债的上门,盛阿林经常说的就是这句"缓一缓吧"。轮到拆危房建学堂这事,这四个字盛阿林听不下去了。

"这房子,今天不倒,明天不倒,什么时候倒,不知道,但是呢,你看着它就要倒,就这样等着房子倒,伤孩子,不如拆了。"盛阿林性格里多少有点"一根筋"。

房子横竖先拆了,资金的事再想办法。1994年7月5日,开始放暑假。第二天,拆!

筹集资金,班子成员先带头,一年的工资就暂时扣下了,每个人还要捐款,不少于300元,上不封顶。盛阿林是900元。各家各户,10元起步。

社会力量要发动起来。这个盛阿林有亲身经历。他至今还保存着一张荣誉证书,颁发日期是1993年1月27日,内容是手书的:"盛阿林同志为建设溪龙中学校园,完善教育设施,捐资人民币贰佰元整,特发此证,以作纪念。"现在是村里建小学,也要请大家拉一把。

当然,政府部门是坚强后盾。盛阿林又一次施展"坐等"功夫。单位门口、办公室门口、家门口,说情况,表决心,求支持。

挖土、挑砖、搬水泥……盛阿林领着村干部自己动手。大家都看在眼里,有空的也来帮个工。

"什么是村干部?我说村干部就是个劳力。"盛阿林说。

崭新的教学楼建好了,还搞了一个仪式。时间是1995年11月18日。这个日期,盛阿林还记得。

他这个人,也被一堆荣誉证书"记着":1994年度、1997年度安吉县带领群众共同致富的优秀农村党支部书记;1992年度、1996年度、1998年度、2000年度湖州市优秀共产党员;1999年6月,浙江省优秀共产党员……

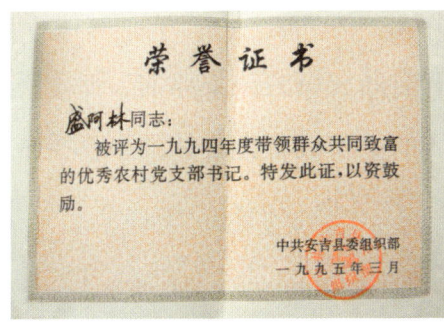 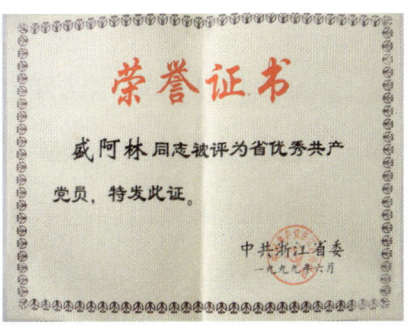

◆ 盛阿林荣誉证书

这个人，有点"乡村政治家"的架势，说的又是大白话、大实话。

他说："村干部是有工资的。给一块钱，就要干三块钱的事。搞不好，难为情。"

当村干部，他也感觉苦，不过"苦一点不要紧的"。他喜欢看战争片，红军长征，过草地，那才是苦。"我们现在的条件比那时候好几百倍吧。人家也是人啊！人家扛得住，我们就扛不住？"

做工作，难免要遇到烦心事，怎么办？他的人生经验是："冲啊！就是冲！冲得过去也要冲，冲不过去也要冲。"

在村党支部书记这个位置上干了那么多年，对自己是个什么评价？他的回答很严肃："好多事还是做下来了，都是实事。好多事没做好，原因好多，自己水平不够是一条。"

什么样的人适合当村干部？他有自己的标准，"盛五条"——

家庭条件还可以，这样就有时间和精力搞集体的，要不然都一门心思搞自己的，耽误集体的事，或者把集体的事都搞成自己的事，结果就出问题了。

年龄合适，精力要跟得上。

身体还行，身体是革命的本钱。

懂文化,还不是一般的懂,要不然吃不开。

有公心,不说一碗水端平,总有个差不多吧,别左边歪一下,右边歪一下,洒了一大半。

当村干部也是有风险的,可能出现"微腐败"。盛阿林的态度是:"搞不了几个钱,自己和家里人一辈子抬不起头来,这是何必!"

他对劳动有感情,"自己从劳动中得来的,是最好的"。现在他还往茶山上背肥料,一包八十斤,压在肩上,走起!

盛阿林对茶叶有感情。他说自己现在的眼神还挺好,不老花,跟这个茶叶有关系,"大锅炒茶,有水汽冲上来,可以清凉、提神,清除眼睛里的杂物。泡一杯茶,热乎乎的,眼睛凑过去,熏一熏,很舒服的"。他还说,如果身上生疮了,用茶水洗一洗,用泡过的茶叶擦一擦,就好多了。有时头昏,或者是心情不大好,他就到茶山上走一走,转一圈,就好了。

他是黄杜村种植白茶的"急先锋",起了个大早,却拖了后腿。他现在经营的"杜林茶场",放到整个黄杜白茶产业这片海来说,有点"小打小闹"。他并不介意,很淡然地说:"家里没有搞到什么东西,但大家搞到了,我也高兴。"

盛阿林有时还挺忙,老是有人上门,找他"拍电视",也就是采访。在节假日,组织上派人到他家走访、看望、慰问,遇到什么事也登门征求他的意见,听听他的看法。

当年,盛阿林刚当上黄杜的村支部书记,其他村的人见着了,说了一句:黄杜怎么选了这么一个人当书记?太难看了!这事他一直记着,说起时边摸着脑袋,从前额一路顺到后脑勺:"很惭愧的,生得不漂亮。唉!"

1996年7月17日的《安吉报》上,刊发了一篇关于他的人物专访,记者直言这个人"其貌不扬"。而这篇报道的标题是《丹心献黄杜》,一个整版的篇幅。

2018年3月,中共溪龙乡委员会、溪龙乡人大主席团、溪龙乡人民政府联手,向盛阿林授予2017年度中国·安吉白茶小镇"最美党员"荣誉称号。

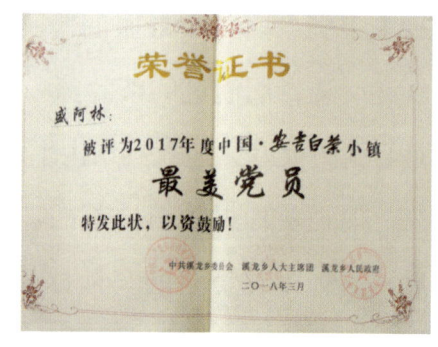

◆盛阿林荣誉证书

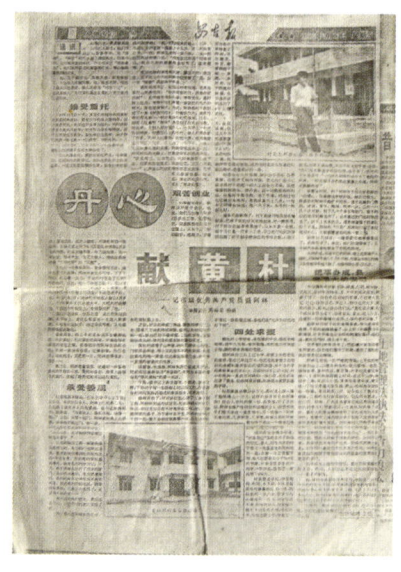

◆1996年7月17日,《安吉报》整版刊登关于盛阿林的报道——《丹心献黄杜》

三、一株茶树的骄傲

盛阿林领着黄杜人往前奔的时候,一件大事正在脚下的这片土地上静静酝酿。

这要从一株茶树说起。

茶,一片叶子,一个单字,流淌于中华文化的长河,滋味绵长,甚至有一点难以名状的朦胧味道。茶,又活跃在中国人日常生活的深处,有家常感,有烟火气。

"茶者,南方之嘉木也。"茶圣陆羽在《茶经》中一锤定音,读来感觉有深情在。在《茶经》的"八之出"部分,他又写道:"浙西:以湖州上……生安吉、武康二县山谷……"这是在给湖州、给安吉点赞。

湖州是茶乡,历来产好茶,"叶不甚细,以云雾高寒俟其气足者为上,苦不多产耳"。看来是供不应求。"行遍江南清丽地,人生合住是湖州。"诗人这么说,或许湖州的茶是其中的一个砝码。

茶香醉人,也养人。"喜见幽人会,初开野客茶。日成东井叶,露采北山芽。文火香偏胜,寒泉味转嘉。投铛涌作沫,著碗聚生花。稍与禅经近,聊将睡网赊。知君在天目,此意日无涯。"唐代诗僧皎然是湖州人,他的这首《对陆迅饮天目山茶,因寄元居士晟》,读来有清幽的茶味与禅味。

明代的陈敬则,是安吉人,烟火气更足一些,写的《采茶词》有现实生活的场景与情趣:"灵草丛高不盈尺,绿遍空山露华湿。清明才过谷雨来,摘取旗枪趁晴日。谁家女儿双髻螺,两两携筐相应歌。前岗后崦踥攀倦,犹言赌摘较谁多。幽香满路归来晚,焙上茸茸碧云暖。那知陆羽是茶神,先献灶君三五碗。采茶采罢春思妍,茅屋花深还晏眠。绝胜湖中采菱女,日暮扁舟荡风雨。"在他这里,茶是"灵草",茶园景色宜人,采茶女的劳作很欢乐,也很神圣,还激起几缕情思。

南朝隐士、人称"山中宰相"的陶弘景,"年逾八十而有壮容",一个原因据说是他有段时间隐居安吉,好上了当地的"梓坊茶"。陶弘景写有一首《诏问山中何所有赋诗以答》:"山中何所有,岭上多白云。只可自怡悦,不堪持赠君。"或许,诗思流淌之时,"山中何所有,岭上多白茶"的句子也在他脑海中有那么一闪吧?

清光绪年间编修的《孝丰县志》记载:"茶,出天目山者最佳。谷雨前数日采者为雨前茶,亦谓之芽茶,味清香远,值倍。"1958年,孝丰并入安吉。

典籍对"白茶"的记载早已有之。北宋庆历二年(1042),

《北苑拾遗》上有记述："官园中有白茶五六株……"过了22年，《东溪试茶录》中写道："一曰白叶茶，民间大重，出于近岁，园焙时有之……"

在安吉说"白茶"，1930年编撰的《孝丰县志》中已经很清晰了："民国19年，于孝丰北天目马铃岗，有野生白茶树数十本，干高枝繁。枝头所抽之嫩叶色如白玉，焙后微黄，泡而饮之，味清而香，系金光寺之庙产。"

这"数十本"野生白茶树长在哪里？世事沧桑，民生多艰，想不起，也可能顾不及。

时间的步子，轻缓，不停歇。那些静默无声，不沉沦，是顽强，在积蓄力量。这是安吉的一株茶树的生命运行逻辑。

横坑坞是个小村庄，隶属于安吉县天荒坪镇大溪村。这里有一株野茶树，生长在海拔800米左右的山谷里。平时这株茶树都是绿油油的，到了茶季叶子泛白，而且是玉白色的。摘下稍作加工，喝起来口感很特别。过了茶季，叶子又变魔术般返绿了。这茶树也开花，却不怎么结籽。即便结籽了，播种，等长大，到了茶季新茶树叶子还是白不了，"泯然众人矣"。在这么一个地方，为何有一株这么怪的茶树？这是个什么道理？大家想探个究竟。

民间故事登场，将之演化成传奇，请出的"嘉宾"是白娘子。所谓"横坑坞里白茶树，青城山下白素贞"。

话说白素贞喝下雄黄酒，道行不济，现出原形，吓得许仙人都死过去了。自家官人，是要救的。她从杭州起程，飞往昆仑山，要去采摘灵芝仙草。

昆仑山是一座仙山，满山都是仙树、仙草、仙花、仙果。白娘子搜寻一番，发现陡峭的岩石之上，有几棵蘑菇形小草，红中透紫、闪闪发光。她知道，这就是灵芝仙草，有起死回生之功效。白娘子急忙攀上悬崖，轻轻地掰下一枝，衔在嘴里，准备驾云起飞。这时她感觉身边有一股幽香，令人清爽。举目一望，幽香来处，是一株仙茶树，枝叶间挂着几个褐色的果子，这就是解惑定神的仙果。白娘子心想：自家官人受了贼法海的迷惑，又见自己现出真身，难免神志不定，情绪不稳，何不采一个仙果给官人解惑定神呢？她就摘下一个，放入袖口，御风而回。

喝了灵芝仙草汤，许仙慢慢地苏醒过来，心神却安定不下来。白素贞想起仙果来。哪知道袖中空空，不见踪影。这是怎么回事？

对于来回飞行的线路，白娘子是有考虑的。天目山是昆仑山向东的余脉，由昆仑山的山脊一直向东，沿着这条山脉飞行节省时间。一路风驰电掣，到了天目山上空，恰好在东天目山顶时，伸出左手搭个凉棚，遥看杭州还有多远。这一伸手，坏事了，仙果滑出袖口，掉入东天目山的一个大峡谷之中。彼时的白娘子心情急切，飞得又快，浑然不知。

这枚仙果落入凡间，按说命运难测，幸好这峡谷是人间仙境，山好水好，跟仙果的原初生存环境匹配度高。仙果心情愉快，按照自己的生命节奏，继续生根、发芽，长成新的茶树。一到初春，茶树的顶部就抽出粉白色的嫩芽，晶莹剔透，一股清香，不知经历了几多风雨，依然生机勃发。

这属于天马行空的演绎。还有一个版本，有现实的成分。

话说清代康乾年间，一个姓赵的徽州人在朝廷当差，犯事了，整个家族受到株连，朝廷下达了满门抄斩的旨意。这个家族中有一个男丁恰好在外办事，逃过一劫，跑了。途中遇见官差，盘问他姓甚名谁。恰好前方有一棵桂树，他就顺口说自己姓"桂"。官差放行。这个人就干脆姓"桂"了。

这个人跌跌撞撞，专门往偏远处寻找生路。进入安吉，在横坑坞这个地方察看一番，感觉是自己的容身之地，就扎下根来，结茅筑庐，开垦山地。

日子慢慢就平稳下来了。突然一个梦闯了进来：一位须发全白的仙翁，将其领至住处的西面山坡，随手一指，山地上破土而出许多白色的仙树。这人正想问问此为何意,仙翁飘然而去。

梦中醒来,这人很是讶异,就循着梦中方位,实地看看。真的一夜之间冒出了不少野茶树,还都萌发了新芽。这人明白了,对这片茶树投入感情和精力。茶叶以清香,回馈他的用心。

如今,还在横坑坞用心照料这株野茶树的,是桂家的后裔。他们对这个家族故事深信不疑,历来"分家不分茶",对这株茶树以礼相待。

横坑坞有一株很怪的老茶树,周边的人都听过那么一耳朵。20世纪70年代,有一段时间,当地老百姓到山上采野茶,在山下零星叫卖,就说这是山上来的,价钱要高一点。人家将信将疑,他们就想了一招,抓一把这株茶树上的白叶子,放在其他茶叶上,证明自己没有说谎。

这株茶树,吃透了孤独的滋味。

这株茶树,又迎着一道光。

1981年,"浙北地区当地茶树品种选育课题组"成立,一个主要任务是把湖州茶区的茶树品种资源摸一遍。也就是说,他们想弄清楚好茶树到底在哪里。要干好这个事,走群众路线是个法宝,请大家都来推荐。大溪村横坑坞这株很怪的茶树就"出位"了,首度受到现代科学技术的垂青。

当时,茶叶的事,归口在林业这个行当。湖州市林业局茶叶科科长林盛有,是这个项目的主持人。他就在湖州各县区寻找合作方,其中就包括安吉县林业科学研究所。这个林科所,不在安吉县城,至今还是设在溪龙乡。所里懂茶叶的技术人员只有一位,叫刘益民,他自然就成为课题组成员。

刘益民生于1934年,老家在杭州市临安区横畈镇,他是高级农艺师,在林科所担任过茶叶研究室主任,对茶叶的事,是内行。一个好汉三个帮。课题组的事务庞杂,他又是外地来的,需要找当地的帮手。他选中了两个人,一个就是盛振乾。

盛振乾比刘益民小一岁,黄杜人。小的时候家里条件不好,只上了两年小学就回家干活了。他这个人做事认真,爱琢磨,也厚道,给大家的印象不错,二十来岁就被推举为生产队队长。

"他这个人,身体好,脑子好,不是种这个,就是种那个,老是在那里想办法。"这是盛振乾家老四盛勇亮对父亲的总体印象。

盛振乾喜欢喝茶,曾经到山上挖来野茶树,自己琢磨着栽培种植,他还到嘉兴市良种茶场学习过茶苗扦插技术,想探究出个门道来。盛勇亮说，父亲有个特点，就是喜欢跟专家交朋友，听专家的话，"你这个好，就跟你学，他是很好学的"。有这么一个"好把式"，当然要请他加入课题组。

人头到位，课题组开始干活了。从1981年9月起，耗时一年时间，对湖州茶区茶树品种摸底，共选定单株优树77株，对每一株所在地的气温、雨量、土壤pH值、海拔高度、性状等信息编号建档，并剪取插穗，用于良种选育。

横坑坞的这株古茶树，就在其中。

好东西不是一夜之间就冒出来的，需要光阴的打磨。

1982年，课题组在安吉县林科所设立无性繁殖苗圃地2亩，将选定的单株优树上剪取的枝条作插穗，进行无性繁殖，也就是从植株截取枝条来扦插，培养新的植物。通过播种来培育新植物的方式，则是有性繁殖。

课题组从横坑坞这株古茶树身上剪取茶穗537株，开始扦插繁育，成活288株幼苗。都过半了。

这年冬天，又设立良种选育小区对比试验地2亩，并开始移植。横坑坞这株茶树的"成绩单"是种植82株，成活75株。表现良好。

1985年春茶期间，从小区试验地茶树上采制5个茶样，送浙江农林大学茶叶系进行生化测定。

横坑坞的这株古茶树，进入名单。

其他4个茶样，分别取名为银坑6号、报福1号、横岭1号、洛舍1号。这株茶树上的，取名"大溪白茶"，走的是另外一个路子。

从1986年3月15日开始，课题组确定专人，对12个无性繁殖品系进行发芽期和抗逆性观察记录，积累数据。

"大溪白茶"闯关成功。

1987年1月13日至14日，湖州市农业局茶果技术推广站主持召开"浙北茶树良种选育初评会"。

犹如一场竞赛，节奏更紧凑了。

经过评选，7个品系性状表现优异，成为参加区域试验的品系。

"大溪白茶"胜出。

当年，课题组在安吉县林科所、长兴县茶场、湖州农垦场茶场、湖州市埭溪镇关宅茶场、德清县莫干山乡何村茶场五个单位建立五个区试点，建立区域试验茶园。

如今，安吉县林科所茶地里还竖着一块黑色的碑，内容是："安吉县林科所，白茶基地，珍稀种实验五亩三分，1987—1989年种植。实施人：刘益民。"

经过漫长的时间，课题组就茶叶的生长、产量、品质等性状积累了比较系统的数据，稍微摸准了白茶的"脾气"。

这个白茶，其实是绿茶，是用偏白色芽叶制成的绿茶。这是个遗传突变而形成的特异品种。每到早春低温的时候，叶子的叶绿素缺失，芽叶是乳白色的。等温度升高了，日均19℃以上，芽叶又慢慢复绿了。

大家喝茶，香气如何，味道是不是鲜爽，是很在意的。这两条，茶叶中的游离氨基酸是有发言权的。一般的品种，游离氨基酸的含量是2%—4%，安吉白茶则普遍维持在6%以上，有的更夸张，飙至9%。

既然"成绩单"这么抢眼，自然高看一眼。1992年底，安吉县林科所建设白茶基地11.5亩，其中2亩已经投产，春季生产珍稀白茶15千克，每千克售价600元，比当地其他名茶的价格高出两倍。

用白茶创制的玉凤茶，1985年5月在浙江省茶叶学会组织的第二届斗茶会上获得第一名；1991年，在浙江省名茶评比会上获省级一类名茶奖；1992年，通过当时农业部茶叶质量监督检验测试中心的鉴定。

横坑坞这株古茶树的价值，经由课题组特别是刘益民、盛振乾两位的用心，慢慢就挖掘出来了。

这两位，就像是"双打"选手，配合默契。

刘益民手工炒茶，盛家老三盛勇成是助手。在他的印象中，师傅是不怎么顾家的，一心扑在茶叶上，"他总是在说要把这个茶叶弄好，要对得起组织的信任，很有老党员的风范"。

盛勇亮回忆，家里试着种植白茶，生活有改善，父亲盛振乾经常说，要是大家的日子都过好一点就好了，"老爷子是一个农民，也是一名党员，不只是想着自己的"。

在一代黄杜人的嘴边，他们俩分别是刘老伯、盛老伯。

他们俩都已经故去。在黄杜万亩茶园观景平台，立起两人的塑像，旁边专门刻有文字介绍，简练总结他们的功绩。

刘益民首次将横坑坞这株古茶树的枝条繁育成功，"结束了'近千年来安吉白茶只此一株'的历史。探索研制茶叶新品，取名玉凤茶，形成了安吉白茶繁育、种植、产品制作的系列规范"。

繁育的过程，盛振乾大步走在前，"1987年，在黄杜村种下了第一株白茶，并形成一套生产管理、销售体系，奠定了安吉白茶绿茶高端品牌地位，点燃了村民脱贫致富的'希望之火'"。

横坑坞那株古茶树，跟人一样，也受到特别的礼遇。这株树，有了一个庄重的专有名字——"白茶祖"。

安吉白茶苗，就是从这株茶树开始的，由一而十，由十而千，由千而万……无穷无尽。

我是在2020年元旦下午前往"白茶祖"拜访的。汽车从溪龙乡白茶大道出发，进入山区，活泼泼的绿将身心包围。

到了白茶谷，往"白茶祖"的方向，是要爬山的。路两边零散住有人家，这就是横坑坞自然村了。有个供水站，取名"桂家厂"。责任牌上说，供水站是2019年4月建成，每日供水规模200吨，水源是"山水"。

水声是有节奏的旋律，"淙淙"也好，"潺潺"也好，输送着清幽的气息。

家狗横卧在路中央，眉目慵懒，神色淡然，陌生人走近，眼神温柔地迎着，等走过了，又顺过头来，目送一程。

一路上都是风景，山色青翠，云彩悠闲。有客栈，倚着风景而建，寸寸小心，于是房子也是一景，要是住一晚，料想可以洗却疲倦，一身轻盈。路遇山民，牛仔裤宽大，外套迷彩色，与周边的色系匹配，肩扛斧头，挎着一个帆布包，后腰别着一把镰刀。问："白茶祖"远不远？手往上一指，答：几步路！说话声和泉水声，是同一个调。

继续前行，有好几百步，到"白茶祖"脚下。

突然想起刚才在停车场，有这茶树的介绍，说是"再生型古白叶茶树"，前缀数量词用的是"一蓬"。真是再也恰当不过，看着就是一蓬高大的灌木丛，身高一米八，腰围二米五。

◆白茶祖

"白茶祖"这三个字,刻在一块素朴的大石头上,篆书写就,结字端庄,线条苍劲,有一股浑厚之气。

形与神之间,有反差,也有隐隐的力。

桂家还在守护这株茶树。见着的是桂家女主人潘春花,马尾辫,高高的,一对黄金耳环亮闪闪,眉毛描画黑弯弯,脖子上系着丝巾,还是鲜红色的,脸庞是红的,袖套是红的,整个人看不出有70岁了。

问她是否有什么保养的法子。笑着回答:没有的。停顿片刻,补充一句:之前有客人说,山水养人。

这个地方,海拔800米左右,到山脚下,走一趟山路怎么着也要个三四十分钟。独门独户，住着自然有不便之处。潘春花习惯了，老伴已经过世了，她以这株茶树为伴，弄点蔬菜，喝着茶，抬头看云，一天就过去了，"到山下，是坐不牢的"。

孙女就读于浙江工贸职业技术学院，在温州，放假回家，就上山陪奶奶，一住就是一个假期，"我这个孙女说外边太吵了，她喜欢这里"。

桂家媳妇名叫潘春花，孙女的名字是桂紫薇，都有天然气息。

桂紫薇是1999年出生的。那时电视剧《还珠格格》正热播，里边有个人物叫"紫薇"。很多人问这是不是有关联。她说没有的，爸爸想了好多个，还是感觉这个好。

"这株茶树，是祖祖辈辈、一代一代看下来的。我算了一下，到我是第13代了。"桂紫薇说。"白茶祖"是受保护的，不能采摘，有游客手痒，采一芽，她的心就疼一下。

她对这株茶树也有了家族血液般的情感。

"白茶祖"的枝叶之间，透着"老矣"的沧桑。不过没有"塌下去"的迹象，显精神，踮起脚尖往上长的意思还在。这茶树，很自我，很天然，素颜也威严。

近旁有一块碑，说这一株茶树，已经列入"安吉县古树名木保护名录"，编号是"浙EC—10028"，属于一级保护。

还有一则告示:"禁止采摘,违者罚款。"

黄杜人来到这里,是要拱手的。

每年安吉白茶开采,都有仪式的,其中一项是迎祭"白茶祖",护送"白茶祖"新茶。

说起这株茶树,他们的言语间有敬意,"天荒坪,'老祖宗'"。见着天荒坪镇的种茶人,也多了几分亲切,"我们有时候说,他们是'舅舅家'的"。

下山时,回头看,这株茶树,从容而立,豪气在怀。

她在岁月的深处沉潜。她与时间捉迷藏。她开枝散叶。她以朴素创造传奇。

想起诗人李瑛的一首诗,一串串嘹亮的句子:

我骄傲,我是一棵树,
……
我能讲许多许多的故事,
我能唱许多许多支歌。
……
条条光线,颗颗露珠,
赋予我美的心灵;
熊熊炎阳,茫茫风雪,

铸就了我斗争的品格；
我拥抱着
自由的大气和自由的风，
在我身上，意志、力量和理想，
紧紧地紧紧地融合。

四、种白茶是个"吃螃蟹"的事

黄杜人盛振乾下定决心，要种白茶。用时髦的话说，他要"将科研成果转化为生产力"。

他有四个儿子，原本各忙各的，现在各就各位，都来种茶。安吉白茶是20世纪80年代问世的，属于80后。有个说法很有意思，这个80后就像是盛家的老五，"盛家四兄弟见证着它的成长，它见证着四兄弟的成熟"。

盛振乾孙辈七个，五个名字中有"茗"：盛立茗、盛亚茗、盛茗娇、盛茗妍、盛茗。给他们盖上"茶"的

◆盛振乾和四个儿子

戳印。

老人家已经故去。看他留下的照片，感觉这个人严肃、精干。事实也是。这个人，能干，也敢干。

黄杜是个行政村，下设6个自然村，分别唤名外黄杜、里黄杜、下思干、大山坞、张家上、水竹塔。盛振乾是大山坞的，他给自家的茶场取名"大山坞"。

看见一份报告，钢笔手书，写在抬头为"浙江安吉县溪龙乡大山坞茶（厂）场"的信纸上，落款时间是1994年11月15日。

这份报告是计划递交给安吉县农经委的。先说这个白茶不简单，"它的内质外观价值均已超过任何一种高档名茶，成品供不应求"。

再说自家茶场的情况，"本场对白茶的育苗、种植、加工、销售，自1981年开始至今已有十余年的历史经验，有一套完整的技术。历年来林科所种植的白茶苗大部分属我场代育的。送省、市等单位质检的白茶成品均属我场加工的"。

还有表格，一项一项，摆清楚。

铺垫足了，开始说想法了，"本场决定建立150亩良种母本园及各个品种加工厂一个"，需要投资10万元。加上每年培育20亩茶苗，也需要投资10万元。奈何手头紧张，"故此特向上级请求借给我场现金柒万伍仟元"。

报告人是"溪龙乡黄杜村大山坞茶场主"。

溪龙乡政府也看出了盛振乾的实力，提出与大山坞茶场联办30亩白茶基地，"作为全乡科教兴农的示范基地"。1994年6月20日，乡政府给安吉县政府打报告，说联办白茶基地经费缺口大，希望贷款10万元，"以解燃眉之急"。

种植安吉白茶，盛振乾总是有新动作，他想把事"搞大"。黄杜人看着，不见动静。

要过好日子，这个信念在黄杜人的脑海里扎下了根。只是哪个属于真正的机遇，身在局中的黄杜人并不清楚。摆脱贫困不是一朝一夕之事，头绪复杂，到底应该选择哪一条路，从哪个地方入手，他们也有过犹豫、无奈，甚至是迷茫。

这个时候，就要有人在前方引路了。

黄杜白茶产业从无到有、由小及大，就像是一台大戏，出场的主角有前有后，故事行进过程有起承转合。

被称为"安吉白茶叶妈妈"的叶海珍出场了。

1963年出生的叶海珍，性格干练，有激情，行事方式干脆，不绕弯子，说话流畅，条理分明，有感染力。

"她这个性格，用今天时尚的话说，算是'女汉子'了，外表非常柔弱，小宇宙却相当强大……利索的短发，秀气的五官，薄唇狭面……未曾开口，她给我留下的最深刻的印象，就是她微锁的眉头。这样的眉目，使得这位女性显得冷峻，是那种重任在肩、雷厉风行、当机立断的女性，是个干活的劳碌命的女人啊。"王旭烽对叶海珍性格的捕捉，切合实际。

叶海珍记忆力好，心中有一本账。"白茶自为一种，与常茶不同，其条敷阐，其叶莹薄。崖林之间偶然生出，非人力所可致，有者不过四五家，生者不过一二株，所造止于二三铐而已。芽英不多，尤难蒸焙。汤火一失，则已变而为常品。须制造精微，运度得宜，则表里昭彻。如玉之在璞，它无与伦也。浅焙亦有之，但品不及。"宋徽宗赵佶在《大观茶论》中是这样说白茶的，叶海珍顺口就背下来了，一字不落。

她对安吉白茶是有真感情的。

1995年10月，叶海珍被任命为溪龙乡党委副书记、乡长。这时，她参加工作将近11年了。在这之前，她当过其他两个乡镇的妇联专职干部、妇联主任、党委副书记、纪委书记。到了溪龙，农业由她分管。

生在安吉，长在安吉，熟悉这片土地；农家孩子出身，明白农业是怎么回事、农村是怎么回事；32岁，人这一辈子的黄金期，正值干事创业的年纪；党龄10年，知道自己身上肩负的职责；一个女同志，组织上信任，安排在这么一个位置上，是需要干点实事的；天生又是遇事风风火火的性格。

这些因素聚合在一起，共同作用，给叶海珍以向前的驱动力。

可是，溪龙这么一个地方，要发展农业，从何处入手？

当时，浙江省提出发展"一优两高"农业，也就是优质、高产、高效。如何让这个"一优两高"在溪龙乡落地？

叶海珍先把家底摸清楚。溪龙乡区域面积是32.3平方千米，8000多人口，很小型的一个乡镇。这里的地貌有特色，6个行政村，3个在丘陵地区，以酸性土壤、黄泥巴为主，一大片的荒山，3个在平原地区，以水田、农田为主。

再是往外跑，看看这个乡到底是个什么情况，老百姓的日子到底过得怎么样。先把村干部家跑一遍，因为这些人熟悉本地的角角落落。再是走访一下乡里的几个大户，看看人家是怎么发展起来的。

一个秋日的上午，叶海珍来到大山坞村，喊着"老盛伯伯"，就进了盛振乾家。客人进门一杯茶，是中国人几千年来的基本礼节。叶海珍道声谢，接过茶杯，轻轻抿了一口……这茶，不一般！

"虽然我也是安吉人，但家里祖祖辈辈是种水稻的。平时也喝点茶,都是野生的,漫山遍野,很普通的。从来没有喝过这样的茶,口味好,鲜爽。而且,泡在杯子里的汤色和茶叶的形态都不一样。我就问老盛伯伯:你这个茶是什么品种?真好喝。他说这是个新品种,我们叫玉凤茶。我也没有多问,但是脑子里有了一个印象。"叶海珍说。

安吉的这方水土,有点特别。就地形来说,称得上"得天独厚"这四个字。天目山和龙王山将安吉团拱成一个"畚箕状"的盆地。沿畚箕口扶摇而上的气流在爬坡过程中往往遇冷凝霜,这就赋予了安吉独特的小气候:无霜期短,冬季低温时间长,山区绝对低温一般在10℃以下,空气相对湿度达84%,直射的蓝紫光较少。这气候,有利于植物中氨基酸等氮化合物的形成和积累,还能形成植物独有的返白过程和物质代谢的遗传特性。

无独有偶,造物主对这里的土壤也关爱有加:无论是山坡还是洼地,土壤中均富含植物生长所需的钾、镁等微量元素。

这么一来,安吉生长的植物就有了自己的特点:汁液丰沛,香味浓郁,清幽沁心。

安吉的好,叶海珍心中慢慢明了。

后来,她参加了一个学习参观活动,地点就在当时的安吉县递铺镇余墩村,也就是现在的昌硕街道余墩社区。这里有个早园竹基地，规模大，是当地早园笋的主要来源。

早园竹的一个特点是出笋早，一般二月初就可以上市了，三四月份是产笋的高峰期。还有就是笋期长，可以持续3个月以上。早园竹栽培也容易，成活率高，成林快，效益好，可以实现"头年栽竹，次年出笋，三年成林投产"。

安吉是1983年起开始引种早园竹搞试点的。当时提倡改造"四荒"来栽种早园竹，也就是"荒山、荒滩、荒地、房前屋后"。"房"与"荒"读音相近，特别是用当地方言一说，更是差不离，就用"荒"一并概括了。

经过持续的发力和实践，安吉的早园竹产业渐成规模。余墩村是其中的典型。这里当时有400多户人家，上千人口，是引种早园竹的试点区域。1995年，余墩村利用"四荒"种植早园竹达740亩，年产笋300吨左右，总产值超过400万元，年收入在5万元以上的有19户。

他们的日子好起来了。1996年第6期《浙江林业》杂志专门有篇文章，说的就是余墩村的事，标题很直接，就是《早园竹发展大有"钱"途》。其中有这样的描述："种竹富起来的村民新造的别墅式住宅鳞次栉比，错落有致，简直成了城市化的村庄。"势头这么好，更多的人就关注上了，"他们的早园竹基地像一块块巨大的磁场，吸引着远近的农友新朋前来学习仿效,以强劲的冲击波向四面八方辐射、扩展"。

叶海珍就是被这里的"磁场"吸引过来的。

看着眼前遮天蔽日、绿意葱茏的早园竹,看着当地老百姓因为这个产业把日子过得顺顺当当、有模有样,叶海珍心有所动,突发奇想,冒出一个念头:这里可以搞早园竹基地,让老百姓过上好日子,老盛伯伯家有那么好的茶叶,我们是不是可以搞茶叶基地?

叶海珍要在一片叶子上使力气。

"有了这么一个想法,我就有了抓手,有了具体的目标和方向,就想着现在就干起来,开始着手调查了。"叶海珍有点迫不及待了。

茶苗从哪里来?资金从哪里来?谁来种?谁来进行技术指导?市场怎么解决?

这就像是一张考卷,全是问答题。而且都是叶海珍自己提出来的,自己试着回答,有的多少有点眉目,有的毫无头绪,不知从何下手。

那就一个一个攻下来。

茶苗是个源头的事。这个问题,"落实到人",那就是老盛伯伯了。

叶海珍再次登门,跟盛振乾说了自己的打算:想花三年时间，把这个茶叶种上1000亩。

"他的头摇得像拨浪鼓一样。这一幕，牢牢地印在我的脑子里。"叶海珍回忆道。

盛振乾还在为50亩的计划四处寻求帮助。现在，年轻的女乡长提出三个年头，要冲到上千亩。计划很美妙，但茶苗是要一株一株种下去的。这超出了他的想象。

如果"知难而退"，安吉白茶的"黄杜故事"可能刚开篇就潦草收场了，故事也就不成为故事。

还好，故事按照自己的节奏继续往前走。

叶海珍和这片叶子"杠"上了。

"我就跟他说，老盛伯伯，我们试试看，我也不知道有没有可能。我跟他商量。他有他的顾虑，说搞不得，没有人愿意种的，大家不知道这是个什么东西。我就说，我们的日子过得太穷了，又没有其他的好东西，我看这个茶叶还行，有点希望，我们就试试看、种种看、做做看，我也没有十分的把握，但不试一下，不甘心。"叶海珍说。

这个年轻的女乡长，看来不一般。挺执着的。硬！拗！

刚过花甲之年的盛振乾，是个老党员，见过世面，有主见。既然你当乡长这么有干劲，那就奉陪吧！

育苗，可以。卖给外边，是一块钱一株。本乡本土的，那就四毛钱一株。不过，话说回来，育苗是要成本的。一旦培育出来了，你们有个什么变动，说不要了，怎么办？

这是有道理的。叶海珍说，那就签个合同，付定金吧。

资金从哪里来？

老大难的问题。

办法总是有的。

县里有一个矿产企业，跟溪龙乡有业务往来。乡里出面，跟企业谈，借了一笔钱款，成立实体公司。当时茶叶归口林业，借用一个"林"字，再从"溪龙乡"摘取一个"溪"字，也就是安吉县林溪白茶开发有限公司。

登录"天眼查"网站，显示这家公司注册于1997年8月14日，经营范围是"白茶开发、种植，茶叶加工、销售"。目前已注销。

当时，这家公司跟盛振乾签订协议，给他吃了定心丸，安心育好苗。

故事的一个段落，暂时可以画个句号。下一个段落，以问号的形式，重新开启：谁来种？

当然是溪龙的父老乡亲了。而且，这千亩白茶基地，核心区域在黄杜村。黄杜人得行动起来。

黄杜人听了，心里没底：茶叶，不就是树叶吗？到山上顺手采一把野茶叶，就可以喝了。靠卖树叶赚钱，向茶叶讨生活，不靠谱吧！

又劝：种茶叶当然可以赚钱，你看哪里哪里、哪家哪家就靠种茶叶日子好过了。黄杜人回话：人家什么地方，我们这什么地方？人家什么条件，我们这什么条件？

在黄杜种茶叶，有"三高"：种植成本高、技术要求高、失败概率高。这是"富贵病"，普通老百姓消受不起。

人的头脑通了，处处通，要是堵上了，要疏通，太难！

职责在肩，叶海珍只能迎难而上。她心里清楚：自己不打头阵，让谁去！

老办法，到老百姓家里，坐下来，做思想工作。叶海珍想，自己三十多岁，算小辈，又是个女同志，怎么说也是个乡长，谈的事是让大家过上好日子，把话说透了，就通了。

黄杜人给她一个下马威。她进了一户人家，房子是土墩墙，"穷得答答滴"。时任黄杜村党支部书记盛阿林陪着她进了门，只见四人搓麻将正欢。按说来客人了，起身迎一下，寒暄几句，是起码的礼节。这四个人兴致正浓，顾不上。叶海珍还是说了自己的想法，摆事实，讲道理。人家一边继续玩麻将，一边强行抢过话头：你们管得也真宽，种不种茶是我们的事情。你还叫我们种，我们卖给谁啊？卖给你啊？

这就有点不讲理了。

转念一想，话不中听，礼数不到，道理还是有几分的。早就"包干到户"了，土地的经营自主权掌握在农民自己手里，单纯依靠行政命令行不通。

当时黄杜人有一把往前走的力气，但眼光没有那么远。之前种这个不行，种那个也不行，怎么偏偏种茶叶就行了？他们心存倦意，问号一堆。

冷言冷语也传来了：这不是为了往上爬，搞政绩工程嘛！

"满把的泪只能往心底流，为富一方百姓，她飞蛾扑火般扑向了那艰难坎坷的事业……"有报道这般描述叶海珍当时的心情与心态。

那就擦干眼泪找法子。

叶海珍意识到，这个节点上，需要有人出来领头、示范，做榜样。

"这是我们开展工作的一条基本经验，也是很有效的一条经验，那就'干部带头'，实现'以点示范'。"叶海珍说。

安吉白茶这出大戏，轮到盛阿林登场了。

叶海珍找到盛阿林，一五一十说了自己的想法。

原来种白茶是个"吃螃蟹"的事。

这白茶，种还是不种？也就是说，这"螃蟹"，敢不敢动手吃起来？

盛阿林是老支书了，老百姓的生活不如意，又一时找不到出路，他也是干着急。乡长是代表组织来谈话，要求带头种茶叶。可以！满口答应。这是个要讲原则的事。自己当村支书的，遇事不打头阵，让谁去！有这么个说法，"别拿豆包不当干粮，别拿村长不当干部"。其实，村干部确实不是什么干部，本乡本土的，拐一个弯就是亲戚，摆不出什么干部架子。大家见着喊"书记"，自己是不应的。小辈的，叫老叔或者老伯；长辈同辈，叫名字"阿林"就行了。不过呢，换个角度看，这话也对，村干部，就是不一样，要带头嘛！带头吃苦，带头做事情。大山坞盛振乾家的茶叶能赚钱，大家都听说了。自己也想种这个茶叶。很现实的问题是，钱从哪里来？村干部的工资已经拖欠好一阵子了。

这就点中叶海珍的痛处了。对这些在一线打拼的村干部，她心中是有愧的。他们的工作头绪复杂，上边的任务和要求，特别是跟村民生产生活有关的，大部分都压到他们肩上。老百姓有什么诉求，他们很清楚，用心解决好了，实现"小事不出村"，也就阻截了"小事"酿成"大事"的可能性。不过，他们的待遇往往跟不上。

现在计划建设千亩白茶基地，这在当地是个大工程，村干部特别是村党支部书记是要扛大梁的。叶海珍清楚，他们的积极性调动起来，事成一半，但不能说蛮话，要为他们解决实际问题。

只要敢想、用心，还是那个话，"办法总是有的"。

一个人闯入叶海珍的视野，溪龙乡后河村党支部书记方忠华。这是个能人。他是学泥工手艺的，19岁就开始走南闯北，只身前往河南打工。一路风风雨雨，几经拼搏，终于拥有了自己的建筑公司。在外闯荡久了，放不下对家的思念，他就回村里了。叶海珍心想，这样的人回来，是大好事。他有见识，手头也比较宽裕，得给他找点做事的由头。

能不能方忠华出资金，黄杜村出土地，两个村支部书记成为"合伙人"，联手种茶叶？说白了，干这么大一个事，有钱的出钱、有力的出力、有地的出地，订合同，算股份，一清二楚。

方忠华说，当时自己心里也没底，靠茶叶过日子，向茶叶讨生活，没怎么想过这事。叶海珍及时开劝：种茶叶肯定有风险，不过呢，风险越大，利润也就越大。在外打拼多年的方忠华深以为然，给说服了。

"试一试。支持！"方忠华感觉有点意思。

"晚上不睡觉也要搞起来！"盛阿林撂下一句话。

他们合作打造的50亩茶园，是千亩白茶基地的一个示范区。

盛阿林就闷头干起来了。一部分黄杜人的态度是"先看看再说"，还有一部分的想法是"村干部种茶叶，他们卖得了，我们卖不了"。

盛阿林不言语，埋头做事就是了。

请村干部站出来，种茶叶，做榜样，是叶海珍出的一招，也是关键一招。要成事，除此之外，也要有其他的招数配合。

当时，溪龙乡的计划生育工作是很到位的，代表安吉县通过了全国计生优质服务检查。叶海珍打起了计生部门的"算盘"。不少妇女因为生育落下了毛病，计生部门也有帮扶的责任。是不是可以到溪龙乡种点茶叶，搞一个计生扶贫基地？

想到了，那就设法落地。敲门拜访、座谈汇报、发函请示、沟通协调……1998年4月，市、县、乡、村四级计生部门联手，共同投资10万元，在黄杜村建立了一块白茶基地，共计17亩。

思路一通，天地宽。正在读书的孩子，学校是要组织参观活动的，还要亲近大自然，还要上劳动课。三件事，一个白茶基地就可以了。教育部门就有必要出手了。敲门拜访、座谈汇报、发函请示、沟通协调……教育部门给说通了，也到黄杜找了一块地，种白茶。

看这个阵势，黄杜人不言语了，心想：这是要动真格的了。又听说乡里还安排专门的人手来管白茶的事，决心够大。

1997年5月12日，溪龙乡正式成立白茶开发领导小组，叶海珍出任组长，刘益民是技术顾问，另外两名成员就是盛阿林、盛振乾。

很精干的一个小团队。

溪龙乡的这份红头文件上说，成立这个领导小组，目的有四个，"开发农业，合理利用土地，提高农业生产效率，走出溪龙乡独具特色的农业生产路子"。表述简洁，有层次。

字里行间也透出潜台词和画外音：农业不能再是"老三样"了，要把内在的潜力发掘出来；山地、坡地都是资源，要是给荒废了，就可惜了；农民在土地上忙乎老半天，一粒汗，摔八瓣，到头来，一手空；再说了，白茶是溪龙乡的农业特产，是摆脱贫困的一个抓手，太值得做足了、用活了，闯出一条路来。

这份文件也明确了目标："在两年内，以黄杜、溪龙、横山三个村为基地，全乡种植白茶1000亩。"

对于白茶，黄杜人原本紧绷着的心，已经有了松动的迹象。

叶海珍在下一盘棋。

新的招数陆续亮了出来。

乡里搞白茶种植培训，请专家上门辅导。听课的稀稀拉拉，没多少人来。

上经济杠杆！来参加培训的，可以领补助。一次五块，当场兑现，实打实的。

还有这样的新鲜事？反正在家坐着也是坐着，那就去吧，听听没坏处。

那几天，溪龙乡有这么一景：有人站在门口，手上拿着一沓五块钱纸币，进来一位，递上一张。

听了几耳朵，有点感觉了。种茶叶这事，跟想象的不一样。自己家里是有山的，只是给撂荒了。种茶叶，正好可以开垦出来。种树也是种，种蔬菜也是种，为何不可以种茶叶？村里又有茶苗，都是现成的。政府又支持，村干部又在带头，这事靠谱。

黄杜人的心已经跟着白茶走了，心气儿提起来了。关键节点上，叶海珍和溪龙乡政府再加一把火，出台政策：种茶叶，有奖励。

先是给出期限：1997年10月1日至2000年3月底。在这期间，溪龙乡的农户，包括集体联户股份投入和农户个人，在溪龙乡种白茶，要是连片种植面积达到3—5亩，每亩补助30元；6—10亩，补助随着往上走，每亩40元；11亩以上，那就每亩50元。要是连片种植面积超过50亩以上，这就是大户了，怎么扶持另说，留下想象的空间。

乡里再度举办白茶种植培训班，人自然就多了起来，场地甚至还有些拥挤，"一次五块"的土政策没有实施几次就给废弃了。大家也基本上没有再想过这回事，因为心思已经不在这五块钱上。

黄杜人想的是把白茶种起来。

他们开始对白茶高看一眼，骨子里积攒的力量给激发出来了。

"我们很性急的，第二年，很小的茶叶，我们就采了，每亩采了2斤。第三年长得好的话可以采10斤，第四年到生产季就采20斤了，很快。农作物嘛，长得很快的。所以到了第二年，老百姓有收入了，积极性马上高涨。老百姓是这样的，你不用说得太玄乎，他们要的是看得到、摸得着的东西。"在叶海珍看来，跟老百姓打交道，蛮干是不行的，要巧干、实干，带着感情去干。

溪龙乡看中了黄杜人身上的这股劲头，再加上这里有着地理环境和土壤条件的特定优势，就不断地给黄杜人压担子：1997年的种植面积要达到180亩，1998年再增加250亩，1999年乘胜追击再加码200亩。

这就是说，整个溪龙乡建设千亩茶叶基地，黄杜占了六成以上。

"组合拳"，一环扣一环，一拳是一拳。1998年6月开始出任溪龙乡党委书记的叶海珍，鼓足了劲，要把黄杜人往白茶种植这条道上引。

"干部带头""以点示范""政策扶持"，在亮出这三招的同时，她也在布局又一个关键招数——"科技指导"。

"我们就是牢牢抓住这四句话，自始至终贯彻这四句话。"叶海珍说。

这给黄杜人增添了"雄心"，身处小山村，伺候的是土地，目光却紧盯远方，想着"攀高枝"。

叶海珍到处打听，整个浙江省，茶叶技术哪家强。热心人跟她说，杭州有一个中茶所，是全国性的茶叶专门研究机构，很权威的。她就拜托热心人写了一封介绍信，直接奔向中茶所。

中茶所是中国农业科学院茶叶研究所的简称，是我国唯一的国家级综合性茶叶科研机构，位于浙江省杭州市西湖风景区。1956年经国家批准筹建，1958年9月1日挂牌成立。2001年6月加挂"浙江省茶叶研究院"牌子，是"我国综合实力最强的全国茶叶科技研发中心"。

她怀着忐忑的心情，跟中茶所的时任领导面对面，坐在了一起。

"我就跟他们说，我们溪龙乡想发展白茶产业，技术跟不上，希望他们能提供帮助。他们也很实在，说这个技术支持是需要费用的。这也是应该的。他们报了一个数字，我很为难，超出了我们能承受的范围。我就把情况讲得更细一些，重点说了我们面临的困难，把整个来龙去脉都说了一下。女同志嘛，又带着感情，他们听了很感动，没想到是这么一个情况。当场就把费用大幅度砍下来，就是一个基本的差旅费用。我是欣喜若狂，真的是感恩得不得了。后来我们还签了一个协议，内容主要是他们怎么来帮扶。安吉白茶整个发展过程中，都有中茶所的鼎力支持。"叶海珍说。

一个乡镇干部，"勇闯"中字号的国家级科研机构，叶海珍又吃了一次"螃蟹"。

黄杜村和中茶所开始结缘，并不断拓展合作模式，结对共建支部，相互成全。

"有困难，找专家。"黄杜人在种茶时遇到了什么问题，想知道茶产业有什么最新的情况，是可以直接拨通中茶所专家电话的。茶叶种植与管护，有哪些先进的适用技术，中茶所专家也时不时跟黄杜人透露一二。

"找选题，到黄杜。"中茶所的专家有了好的科研成果，需要实地转化，黄杜是一个优先选项。在这个过程中，他们又通过一线的具体实践，提炼出研究课题，找到新的科研方向，正所谓"把论文写在大地上"。

2010年7月，中茶所第二党支部在讨论支部预备党员朱俊峰转正时，特别邀请黄杜村党支部党员代表11人列席支部大会，就他在结对服务工作中的表现征求建议和意见。

黄杜人薛勇家的雅思茶场，善于接受先进适用的茶叶生产技术。中茶所第二党支部有意将茶园修剪和茶树病虫害防治等茶叶生产新技术的试验示范工作交给薛勇来实施，并在技术上给予更多指导。

茶园病虫害无人机防治技术是个新鲜事物，需要"在游泳中学会游泳"。中茶所感觉这技术可行，需要找个合适的地方试验示范。他们就想到了结对的黄杜村。

现在的茶园管理，都讲究绿色防控，通过生态、生物的方式，"柔性"应对可能存在的病虫害威胁，尽量少用、慎用化学农药，降低茶叶中农药残留风险，提高茶叶的卫生质量安全水平，让大家喝上干净茶、健康茶、生态茶。这是大事，黄杜人正在琢磨从哪里入手，中茶所给他们准备了一个系统性方案，即"五个一"。

"一张纸。"内容包括政府出台的相关政策措施、技术部门编制的技术资料和技术实施过程的跟踪记录等，就是让大家知道有哪些具体的要求，应该怎么去干，做到心中有数，一条一条梳理出来，以备查。

"一堂课。"其实有好几个课堂，包括政府推进工作的动员布置会、技术部门的宣传培训课和茶农田间的实践操作课。他们设立"农民田间学校"，主动上门，在茶园的茶行间，跟黄杜人一起，有问题就地想法子，没问题看怎么预防，"治未病"。

"一专柜。"也就是"茶园用药专柜"。自从2009年在黄杜村设立以来，病虫防治的次数和化学农药使用的数量都下降六成以上，这里的部分茶园已经开始不使用化学农药了。

"一块地。"划出一片区域来，展示绿色防控技术实施的效果，让大家看看，还有就是试验示范绿色防控新技术，属于"田间试验室"。

"一个人。"最终还是落实到人身上，培养"茶园绿色卫士"。他们掌握病虫害绿色防控的基本知识和技能，自己能做好，又能帮助他人。

"五个一"，一个体系，可操作，还管用。

中茶所是黄杜的"技术担当"，特别是关键时刻，科技力量是后盾，是可以倚靠的肩膀。

2013年8月，浙江持续晴热高温天气，旱情严重，茶叶生长遭遇灾害。特别是黄杜村，万余亩茶园均出现不同程度的热旱害，其中4000余亩茶园受害严重，茶树叶片大部分枯焦、枝干开始枯死，部分茶树濒临死亡。

黄杜人着急，中茶所的专家也着急。他们将防范要求加以提炼、总结，编印《高温旱害茶园减灾与恢复技术措施》挂图，送到黄杜人手中。

他们之间的"热线"不曾中断。

种茶，毕竟还是个农业的事。农业的事，免不了要看天的眼色，即所谓的"靠天吃饭"。风调雨顺，山好水好，就是个丰收年。一旦调皮起来，或者干脆怒了起来，山不好水不好，这就给人一个措手不及。

安吉地处江南茶区北缘，采摘季节是偏晚的，早春季节容易发生"倒春寒""逆温"等农业气象灾害，形成霜冻。安吉白茶开采期一般都在每年的3月中下旬。"三四月的天，小孩的脸"，一言不合，说变就变，正好是"倒春寒""逆温"发威的时节。安吉白茶本来就娇嫩，属于敏感型的茶树品种，天气这么一折腾，扛不住，就蔫了。

在盛阿林印象中，十几年前有一次，都快要到采茶的时候了，大家按照以往的步骤，都准备好了，想着大干一场。哪知道一个晚上来了一场霜冻，很厉害的霜冻。第二天早上起床跑到茶园里一看，"怎么是这个样子？昨天还好好的嘛！太惨了，哭都哭不出来"。

◆茶芽冻害

至今谈及这次霜冻，不少黄杜人依然记得，摇头，叹气，说起来不是"颗粒无收"，就是"一年白忙乎了"。

关于这次霜冻，相关资料有记载："2006年3月28日夜间，安吉县遭受晚霜袭击，全县茶园不同程度受灾。据调查，平原谷地及低坡茶园受灾较重，受灾严重茶园全株茶芽基本冻死，造成绝收；较轻的植株上部茶芽冻死，造成严重损失，当年安吉白茶减产减收。"

盛阿林说，其实应对霜冻，是有很多办法的。比如说，在茶园里铺草，还可以喷水结冰，用烟熏，还可以加热。

这些"土办法"，都是有内在原理的，不过存在的问题和短板也是结构性的。

在茶园铺草，可以防止土壤水分和热量散发，有利于增加地温和湿度，但有费工费时的问题，准备工作很烦琐，茶园的面积又不是一亩两亩，防冻效果也很有限。

喷水结冰，就是向茶树喷水，水温还要高于0℃。水结冰了，就可以释放出热量。这个喷水，一点点是不行的，需要持续、大量地喷水。这么一来，就把水资源给浪费了，而且让茶园的湿度过大，茶树也受不了。

用烟熏，要选在霜冻之夜，在茶园的周边熏烟，促使上下层空气对流，近地面层形成一圈烟雾，可以有效阻挡地面长波辐射，减少地面热量损失，从而达到防止霜冻的目的。这是个很原始的办法，人力跟不上，时间也耗不起。再说了，这办法，属于"按下葫芦起了瓢"，即便防了霜冻，却可能对茶树造成二次伤害，对整个环境也是个破坏，往往得不偿失。

加热跟烟熏的思路相似。就是在霜冻前点火加温，迫使下层的空气变暖，往上升，同时上层原来温度较高的空气往下降，一升一降之间，在茶树周围形成一圈暖气层。这个办法，就理论而言"看上去很美",带来的问题跟烟熏法属于同款。

土办法基本失灵了,不管用了。一筹莫展、望"霜"兴叹之际,现代科技登场了。

科技人员干这一行、在这一行,对行业的最新信息门儿清。黄杜人尊重他们,遇事就问问他们有什么法子。他们跟黄杜人说,有防霜风扇这种设备,好用。

一般情况下,大气的温度随着高度增加而下降,所以高原地区空气稀薄,温度也低。这个时节在黄杜这样的地方,晴天的晚上,无风或者微风的时候,地面的温度就降下来了,靠着地面降温最厉害,空气更冷了,上边的空气降温却要缓慢一些。这就反常了。这个防霜的风扇,劲大,善于"捣乱",把空气搅动起来,将上方的暖空气输送到茶树冠层,冷空气、暖空气就充分混合。茶树冠层的气温提高了,防霜冻的效果也就有了。而且,这个大功率防霜风扇灵敏、警觉,在霜冻发生的前后自动开启、自动关闭,不太需要人来管,值得信赖。这风扇,寿命也长,用个20年问题不大。

茶农头疼时,信息贵如金。

还有这么好的东西?那就买吧!

说干就干。黄杜村从日本引进12台茶园防霜风扇系统。每台间距是26米,回转直径90厘米,安装高度是6.5米,俯角30

度。设定这个系统的自带温度传感器,在探测到茶树冠层气温低于3℃时,让防霜风扇自动开始工作。

后来,黄杜再度遭遇明显的逆温天气。启用了防霜风扇的茶园,平均提高茶树冠层气温达2℃,基本告别霜冻现象了。而没有安装这个风扇的茶园,则出现了不同程度的霜冻。

黄杜人心明如水。

说农业"靠天吃饭"大体没错,说"靠技术吃饭"应该也是对的。

黄杜人与中茶所专家的"交情"到底怎么样?还可以从一封信里看出端倪。

1996年6月28日,中茶所研究员虞富莲给盛振乾写了一封信,说了说安吉白茶的特色:主要是氨基酸含量高,达6.3%,这是从我国几百个品种资源中发现的两个中的一个。还有一个是云南大叶茶中的一个品种,含量也在6%以上,不过只适合做红茶。一般品种只有2%—3%,安吉白茶高出一倍以上,是其香高味鲜的生化基础。

又问了问盛振乾当时工作的进展情况,"不知黄旦品种苗生长怎样?"建议加强培育,等茶苗长高了,可以自己繁育,原因是这个品种的品质不错,可以做绿茶或乌龙茶。

这一问,可见他们之间的交往已经很频繁了,大体知道对方手头在忙乎什么。

这还算不上这封信的主体内容。虞富莲写这封信的主要目的,是介绍自己的研究生小陈来盛振乾这里取样,以便研究安吉白茶春天叶片变白、夏茶又变绿的生理原因。

后边的"情况说明"就有点意思了。先是说,这个研究结果大体要到下半年才能出来,如果有的地方结果不明显,第二年产春茶的时候还需要继续取样研究,"故现在还不能奉告"。接着又明确告知,等第二年5月论文出来,"定会给你一本,请放心"。

可以看出,他们属于"老交情",已经有过多少个来回,知道对方的脾气。

盛振乾大概是这么一个思路:省城里有专家来调查研究,这是好事,全力配合。不过呢,研究老半天有个啥说法,是不是能跟老汉我说一声,让我也知道知道?

他应该是对这些"说法"很在意,性子还有点急,可能以前老是在催问这些"说法"怎么还没有出炉。所以虞富莲有言在先:一时半会儿没有可说的,一旦有可说的,自然和盘托出。不忘叮嘱一句"请放心"。

老一辈的"交情",有了新的回响。

◆中茶所驻溪龙博士工作团揭牌

在黄杜的白茶事业服务中心的展板上,中茶所驻溪龙博士工作团集体"亮相",都是三四十岁的新生代力量。

双方开展的"结对共建、共建共享"党建模式,入选"浙江省机关党建工作优秀品牌"。

技术是力量,知识是个宝。当初在谋划整个白茶产业发展时,一个很偶然的机会,叶海珍接触到两本书:中国农业科学院研究员厉为民写的《荷兰的农业奇迹——一个中国经济学家眼中的荷兰农业》,荷兰人写的、厉为民翻译的《荷兰农业的勃兴》。按说这是专业书,不过她看进去了,还经常放在手头翻一翻,"这两本书始终在启发我,教育我"。

在《荷兰的农业奇迹》中,作者写道,荷兰是个小国,却成了农业大国、强国,很重要的原因是在战略选择上有独到之处。

其中一条就是"有进有退"。荷兰主动放弃一些不具有比较优势的领域,以自身的长处为基础找准突破口,"有所为,有所不为"，在粮食作物上大量进口，目的是为了腾出土地，以马铃薯同其他国家竞争，从而赢得出口的"金牌"。

叶海珍说，顺着这个思路，安吉当时在农业上主攻"三片叶子"，也就是竹叶、茶叶、桑叶。特别是在茶叶上，"进"的力度和强度是很显著的。

荷兰把传统农业做足，把功夫下在温室花卉和蔬菜上，除了高超的农业生产技术，还有高效的拍卖方式，以及完善的基础设施。也就是说，配套的硬件和软件都跟上了。

"种茶叶不只是种茶叶的事，而是一个系统工程。这一点，给我们很大的启发，就是围绕着这个安吉白茶，要做好周边，一起来烘托起这个产业。"叶海珍说。

荷兰的环境政策也让她印象深刻。

这个国家通过立法、政府计划和税收等，强化对环境的保护。比如，控制化肥、农药的使用，防止水体和土壤污染；加强厩肥的无害化处理，控制氨、磷的释放量；促使不宜农作的土地退耕，改为自然保护或户外娱乐活动的场所；建立由核心地区、自然开发区和生态走廊组成的国家生态网，保护野生动植物等。而且，在产销的各个环节，有"生态产品"之类的论证，就是特色，身价看涨。

"这跟我们安吉的整个发展路径是一致的，也就是环境、生态是发展产业的底线和红线,专注于发展生态产业,向生态要效益,让绿水青山转化为金山银山。"叶海珍发现,大道理都是通的。

这两本书,叶海珍还保存着,有的纸张已经脱落,书上还有她当年随手写下的各类标记,可以想见当初她在书上停留过不少时间。

一边瞩目海外,把别人的好经验吸收过来,一边回望本土,为"白叶一号"寻找历史的依据。

2003年,他们办了一个研讨会,是由中国国际茶文化研究会、中国茶叶流通协会、安吉县人民政府联合主办的,内容是寻找安吉白茶与《大观茶论》之间的内在关联。

在这个研讨会上,专家学者达成一些初步的共识。比如

◆《大观茶论》与安吉白茶研讨会

说，安吉白茶跟中国六大茶类中的"白茶类"的白毫银针、白牡丹，以及"乌龙茶类"中的白叶单丛、白毫乌龙是不同的概念。安吉白茶是一个特殊的白叶茶品种，按绿茶的制法加工制作而成，属于绿茶，既是茶树品种，也是茶叶品名。

宋徽宗赵佶在北宋大观年间著有一部《茶论》，后人称之为《大观茶论》，其中对"白茶"有专门的论述。这个会上得出这么一个结论："宋徽宗赵佶有关'白茶'茶树形态和叶片特征的论述，与生长在安吉山间的白茶完全一致，因此，专家认定产于安吉的白茶，就是宋徽宗《大观茶论》中所描述的白茶。九百多年来，白茶虽见于文献，却不见其品。直到近年，才被安吉茶农开发利用。如今，安吉栽制（植）的白茶，种植面积和产量已具相当规模。外地种植的白茶，都是直接或间接由安吉引种的，安吉人民为白茶生产和白茶文化谱写了辉煌的一页。"这些内容，刊登在2004年第2期《农业考古》杂志上。

向历史的深处挖掘文化内涵，给安吉白茶寻找内在而深厚的支撑，这是叶海珍的一步棋。

叫响"安吉白茶"这个品牌，则是另一步棋。

思路是壮大声势，擦亮"安吉白茶"这四个字，努力实现家喻户晓，以统一设计的"安吉白茶"母商标来树立品牌形象，确保产品质量。1998年3月，安吉就启动了"安吉白茶"证明商标申请注册工作。2001年1月，"安吉白茶"正式获得证明商标注册，这是我国茶叶类第一枚证明商标。

同时，又鼓励大家都来用，共享"安吉白茶"这块牌子的声誉，并在"安吉白茶"这个母商标之下注册子商标，在完善白茶质量追溯体系的同时，引导企业提高品牌知名度。

也就是说，政府出面，培育"安吉白茶"这棵大树。各家都有自己的茶场，生产自家的茶叶，就好像是这棵大树上的枝叶。这些枝枝叶叶享用这棵大树的威望，对外代表这棵大树发声。同时它们本身就是这棵大树的一部分，没有了这棵大树，枝枝叶叶不过是零零碎碎的，形成不了阵势，打不开局面，只有枝枝叶叶各自阔大饱满、绿意充沛，这棵大树才有蓬勃、傲然的活力。

"母子商标"这么一个运作方式，给了黄杜人驰骋的空间。

"安吉白茶"这个品牌到底是如何叫响的？黄杜人是如何依靠一片叶子过上好日子的？叶海珍的总结是一句话——"政府拉着茶农的手"。

"我们的茶农就是农民，受教育的程度有限，个人单打独斗，很难摸清楚什么叫市场、标准、专业、品牌。就像一个孩子，去大海里学游泳，是有很大风险的。这个时候，就需要有别的力量在一旁提供帮助。或者说,在孩子长大的过程中,要学走路,不能扔在一边,说你就去学吧。只能慢慢地放手,会走路了,还要跟着,害怕他摔跤,慢慢走稳了,才可以真正放手。农民开始着手做一个产业,也要这样的帮助。这就是政府要做的事。"叶海珍说。

到了2001年,溪龙乡白茶产业的产值超过1800万元,占全乡农业总产值的一半。这边在快马加鞭往前跑,那边一不小心就露出几块绊脚石,比如市场建设的滞后,"这一矛盾在生产快速扩张的情况下日益突出,如不及时采取应对措施,必将对全县白茶销售带来严重影响"。

溪龙乡想出一个法子,就是在乡上建设一条"安吉白茶街"。他们给安吉县委县政府"上书",乡党委书记叶海珍签

◆ 白茶街

发,设想这条白茶街"融商贸、旅游、观光为一体,以改造现有建筑为原则,突出白茶的文化内涵,力争通过这一特色街的建设,为全县的白茶产业打开一个全新的窗口,为生态立县建设一道新的风景线。同时为把溪龙真正建成中国著名白茶之乡树好形象"。

如今,这条"白茶街"更加宽阔,已经成为安吉白茶产业的一个"发动机"。每年的茶季,这里是茶叶市场的一个焦点,空气中的茶香沉郁而丰厚。

茶季是个特殊的时间段。采茶、炒茶、卖茶,都集中在那么几十天,"跟打仗一样",黄杜的茶农忙得没边,政府部门也闲不下来。

他们分兵把守,关心茶叶的生产安全,上山采茶的路是否平整,炒茶的设备是否检修了。还有食品安全,上万名采茶工涌入,他们吃得怎么样、住得怎么样,假如有突发疾病怎么办。还有交通的问题,有哪些安全隐患,一旦有治安纠纷如何及时处置,茶叶交易时出现了矛盾如何有效介入,用电怎么协调和管理,整个区域的卫生状况如何维持……大事小事,都要操心。

黄杜人遇到了麻烦,也不客气,直接跟政府部门"喊话",求关注。

2000年3月，千亩白茶基地粗具规模，黄杜人想把茶园的主要道路绿化一下，桂花树和其他绿化苗木配套种植。手头不宽裕，资金上还有4万元的缺口。他们就向安吉县林业局专文报告：能不能拨款2万元应个急？

在2007年的时候，黄杜人听说白茶套种常绿树种，可以提高白茶的品质，保持水土，提高经济效益，决定一试。算了算，需要投入资金45万元。这在当时是一笔不小的数目。他们再度向县林业局请求支援。

到了2013年，溪龙乡自己行动起来，出台政策，跟黄杜人说，要是在茶园套种香榧，100亩以上，每亩种植25株，达到这个标准，一亩补助600元。还有套种山核桃、阔叶林，在茶园种植行道树防护林的，符合既定的要求，都可以领取专项经费。

"政府拉着茶农的手"闯市场，这个过程，有曲折也有反复，有弯路也有"诱惑"。当时有大型企业集团来谈判，合作意向很喜人，不过也提出了具体的条件：种茶、采茶，还有中间的茶园管护环节，由当地茶农负责，他们如数支付费用，后边的制茶与卖茶，就是他们的事了，跟茶农不产生关系了。

当地政府部门断然拒绝。

"我们坚持的一个理念是让我们的老百姓成为这片叶子的

主人。可以说，正是这句话，支撑起了今天的安吉白茶。"叶海珍说。

五、关爱的目光"护航"

种植白茶大有起色，偏远黄杜开启新篇章。

2003年4月9日，时任浙江省委书记的习近平同志来到安吉考察。第二天的《浙江日报》头版头条刊发题为《习近平在安吉调研时强调　推进生态建设　打造"绿色浙江"》的消息。记者写道，这次调研，习近平沿途考察安吉竹种园、中国竹子博览园，天荒坪镇和递铺镇的生态建设，溪龙乡的无公害白茶基地和安吉经济技术开发区等，"一路翠竹绵延不绝，茶园满目葱茏。习近平称赞这里山清水秀，植被相连，自然资源丰富，生态环境良好，推进生态县建设前景广阔，大有可为"。

在黄杜村，习近平沿着泥巴路走进茶园，询问白茶推广种植情况——白茶是怎么引进的，怎么扦插、采集、加工，销售情况如何。

在听取村里白茶基地的建设发展情况时，习近平充分肯定了"一片叶子富了一方百姓"的绿色发展理念。

这次调研后不久，安吉县的白茶产业得到了跨越式发展，政府注册了"白茶之乡"品牌，免费培训茶农，拓展出茶文化、茶工艺、茶食品等白茶产业链。

也就是说，安吉白茶驶入"快车道"。

到底有多快？从一条路的变迁就可以看出来。

2003年，溪龙乡拓宽新建了一条长180米、宽12米的集镇白茶道路。没多长时间，这条路的局限性开始显现了。2008年2月，溪龙乡给安吉县发改委打报告，提出要对原白茶道路由西向东进行延伸建设，延伸道路全长200米、宽17米。投入资金预计100万元。报告里说清楚，道路延伸的这些经费，由溪龙乡自筹解决，县发改委快快立项就行了。

黄杜人走在这条"快车道"的显眼位置。

要致富，先修路。

日子是不是过好了，有成打的衡量标准，起码的，要看看衣食住行是不是顺畅了。"衣、食、住"按说是老百姓自个儿可以办的事，"行"则不然，老百姓要有个依靠。出行的路怎么样，太影响幸福指数和生活质量了。回忆以往的日子，黄杜人"吐槽"的一个点就是村里的路太糟糕了。

退伍还乡的盛红兵记得，当时大家开玩笑说，黄杜早就有"水泥路"了。这里的"水泥路"，是另一个概念，也就是"水路"加"泥路"。黄杜村的穿村小道，曾经宽度不足4米，路面破旧，一下雨，一出门，就是一身泥，"恰好骑个车子在路上，很快就让泥巴给'焊'住了"。

盛阿伟说，一旦下雨，泥巴路还算好的。路边都建着房子，那个时候也没有污水处理的概念，洗衣服的水，厨房洗碗的水，猪棚里流出来的废水，就在路上"汇流"了。天落雨，地上就成了污水沟。

路不好，是掣肘。不只是生活不方便、不卫生，茶叶的运输也受影响，另外还有个形象问题。

那是2000年以后的事了。当时黄杜的白茶已经大有起色。在茶季，有客商上门收购茶叶，见了这么一条路，皱起了眉头，跟黄杜人说：你们这个白茶还挺名贵的，跟你们这么一个村、这么一条路，不相配啊！

"这个话其实很重的，人家又有道理，当时还挺难为情的。"盛阿伟说。

问题来了，有人接招。

2003年，安吉县交通部门改造了黄杜的穿村乡道，把乡道变成路宽6米的双车道公路。过了四年，又通过落实"乡村康庄工程""农村联网公路"等系列行动，累计投资超过2100万元，新建了三条村道，总长达8公里，进一步打通了茶园聚集区的路网。再过了十年，黄杜村村域之内，有乡道4.7公里，

◆黄杜绿道

村道5.2公里,自然村道路10公里,路面都硬化了、黑化了。

家门口的路顺畅了,黄杜的白茶产业更畅通了。

建好、管好、护好、运营好这"四好农村路",推开了一扇扇门,保障了黄杜人奔小康的一路畅通。

还有用电的问题。

黄杜村几乎家家产茶,还在自家制茶。三四月份,属于茶季。茶叶采摘下来,要赶紧炒制,耽误不得。"过了这个村,没有这个店。"同样的道理,过了这个时节,茶叶就被迫取消了茶叶的资格。

白茶加工,有自己的要求和规范。多功能机杀青,槽体温度达到250℃—300℃,才可以投放青叶。初烘时,用的是履带式或者是斗式烘干机,温度要维持在100℃—120℃之间。要达到这些个标准,说一千道一万,最基本的,电力供应要足。

家庭炒茶,设备全开,运行一整天,到了晚上,灯火通明,用电的负荷眼看着就上来了,而且持续个几十天。这让变压器受不了。变压器都是有自己固定容量的,当用电负荷超过这个数值,就过载了。

话又说回来。茶季也就那么几十天,过了这段繁忙的日子,炒茶设备就停工了,用电量陡然转为农村居民普通水平,变压器就长期进入轻载运行。

用电量这般骤升骤降,季节性、时段性强,峰谷差大,周边村庄的用电量基本上都维持在一个正常水准,"溪龙乡其余村庄多以宜居综合性村庄为主,户均容量远低于黄杜村,配电网建设同样也滞后于黄杜村,部分村庄在夏季迎峰度夏和冬季春节期间出现低电压状况"。也就是说,唯独黄杜在特殊时刻要特别"关照"。这对于供电部门来说是一道难题。

黄杜出考题,供电部门来答题。

2015年4月,国家电网浙江省电力公司将黄杜村列为"浙江省美丽乡村配电网建设试点村庄"。

供电部门的答题思路是"一村一规划"。先是满足"有电用",还有更进一步的想法,那就是"用好电"。黄杜既然在用电需求上这么特殊，那就"开小灶"。他们将黄杜的生活用电情况、家庭作坊用电装机情况、低压系统电源可靠性程度、电力设备的运行情况、供电质量情况进行"摸底"，再根据后续产业发展的可能性预留足够的空间。精细的现场调研加上充分的想象力，一"实"一"虚"，在这个基础上为黄杜定制专门的方案，"确保电力送得进，落得下，用得好"。

安吉白茶就像一个宠儿，受到各种政策、各种力量的关心与呵护。作为安吉白茶的主产区，黄杜也在沐浴着这份"恩宠"。

而黄杜所在的安吉，本身就是一个生态的品牌，"绿水青山就是金山银山"理念的诞生地。

2020年3月30日，习近平总书记在安吉考察时强调，"绿水青山就是金山银山"理念已经成为全党全社会的共识和行动，成为新发展理念的重要组成部分。实践证明，经济发展不能以破坏生态为代价，生态本身就是经济，保护生态就是发展生产力。他希望当地坚定走可持续发展之路，在保护好生态前提下，积极发展多种经营，把生态效益更好转化为经济效益、社会效益。

安吉就是秉承这样的理念与思路，不断走向高光时刻。

这里，2001年确立"生态立县"的发展战略，就是说要"吃生态饭"；2008年提出建设"中国美丽乡村"，目标是"村村优美、家家创业、处处和谐、人人幸福"，把一个县当一个景区来规划，把一个村当一个景点来设计，把一户人家当一个小品来打造；追求一村一品、一村一景、一村一业、一村一韵；对发展生态农业有着浓厚兴致，总体格局是"一乡一张图、全县一幅画"；提出不断把风景变成产业，把良好的生态环境资源作为一种财富、一种资本来经营。

黄杜就踩着这样的节拍，一路欢歌。

这过程，也要跨越一路坎坷。

每年的茶季，从3月开始。这时的一片片叶子，贵如金。过了这个时间段，茶如草，没人要。只能是"卡点卡位"，召集采茶工，跟时间赛跑，抢在前边，及时把叶子采摘下来。

2020年的茶季，太不一般。此时的新冠肺炎疫情还不明朗。人被突如其来的疫情困扰，大自然却按照既定的节奏，花落无痕，流水有声，不曾快一步，也不曾慢半拍。花了一年时间长胖了的茶叶，已经准备进入自己的灿烂时刻，等待有人如轻舞般地采撷与疼爱。

话说"农时不能误，农事不能等"，这个道理谁都懂，关键是漫山的茶叶谁来采？

黄杜的茶农戴先辰，家里有20亩左右的茶园，一年到头全家的收入就是这点茶叶。为了保证鲜叶能及时采摘，以往他每年至少找50名熟练的采茶工来帮忙。2020年临近茶季时，他和老伴潘秀琴算了一下，采茶工的工资要涨，伙食费也要往上加，还有一笔额外的防疫费用，综合起来，要增加不少开支。

"后来我们想，这个账算错了。在这个节骨眼上，这些事不算事，因为采茶的人在哪里都不知道。"戴先辰说。

茶农无助的时候有人来相助。

茶农的心事有人听、有人懂。

安吉县有17万亩白茶基地，需要同时组织26万左右的采茶人前来打个短工。以往寻找采茶工的渠道是畅通的，各家茶场都有自己的办法。疫情一来，不确定因素陡然增加。

安吉出面，上门招工。

先确定招工的大致区域：没有什么疫情风险，有扶贫攻坚需要，劳动力输出密集。再提前沟通，上门时能有人出来对接。

安吉派出一个小分队，前往安徽阜阳太和县摸摸底。

他们是这么一个节奏——

3月1日晚上7点左右从安吉出发，两地相距600多公里，车程7个多小时，抵达太和县是2日凌晨1点半左右，消毒、登记，找个宾馆住下。

不到 8 点，他们就来到太和县农业农村局，消毒、登记，问问当地劳务输出的情况，有哪些难点和堵点，一起想办法。

下午 1 点半左右，赶往太和县宫集镇，消毒、登记，与劳务中介人、当地村干部座谈，问问大家有哪些顾虑，大概有多少人愿意出门采茶。

4 点半左右，返程。

经过漫长的车上旅途……

3 日凌晨，回到安吉。

"打电话，微信聊，当然方便。不过有些事面对面谈一谈，还是不一样。最起码我们大老远来，诚意是有的，决心也是有的。我们就是想知道他们有哪些需求，有哪些疑问，在这个过程中可能会出现哪些问题，再看我们能做什么，拿出对策，提前解决好，让大家没有后顾之忧。"一同前往的安吉白茶协会秘书长赖建红说。

更大规模、更有阵势的行动在酝酿。

3 月 18 日上午，安吉县从农业农村局、公安局、综合执法局等部门和乡镇街道调配的 30 名工作人员，兵分 10 路，到河南商丘宁陵县、江西上饶横峰县、江苏盐城东台市、安徽蚌埠五河县、山东枣庄滕州市等地走访。

◆2020年春茶如期采摘

采茶工怎么到安吉来？她们的身体健康状况如何掌握？跨省的"健康码"能否通用？在安吉采茶期间如何确保她们的平安？她们吃饭怎么安排？住宿有什么计划？一米的安全距离能否实现？回程怎么办？一旦有突发情况如何及时启动应急机制？

都是实实在在的问题，都要提前谋划考虑。

安吉出台专项扶持政策，都是实打实的。比如说，春茶生产的天然气、液化气费用优惠两成，农业生产电价每千瓦时下调0.1元。

防疫不放松，炒茶、摊青、住宿、餐饮等，都要注意安全距离，这就意味着空间要扩充。安吉县综合执法局列出具体标准，符合条件的茶企、茶农，可以办理"春茶期间临时构筑物许可证"，意思是就别玩"躲猫猫"的游戏了，也打消抢搭抢建的念头，过了茶季，就自行拆除，恢复原样。

想着寄递业务需求量大，安吉县邮政管理局专门协调企业行动起来，好好应对。比如顺丰速运，在安吉储备了7万个纸箱，配套的内膜袋和胶带早就到位，还专门从外地抽调了一百四五十名"快递小哥"，支援安吉白茶的寄递。

"安吉白茶生产交易管理平台"也上线了。茶农、茶企、劳务中介、买家、卖家，都可以在"云端"来往。

黄杜人靠着"大树"，安心搞自家的茶叶。

戴先辰在家等来了采茶工。2020年的茶叶产量有所减少，花费也多了，但是茶叶的价钱上去了，收益与往年基本持平。

"搞茶叶"是黄杜人时常挂在嘴边的说法。一路的关爱与护航，让黄杜人"搞茶叶"有声有色。宋昌美就是其中的一抹亮色。

生于1969年的她，是从安吉县梅溪镇嫁到黄杜来的。当时婆家跟人合作，承包了一个茶场。种点茶叶，炒茶没有章法，用的是烧柴灶，忽冷忽热，没个标准，只是把摊好后的青叶在锅里翻动。感觉差不多了，往地上一倒，盖上一块布，闷一闷。出来的茶叶，外形不好，味道也不对，销路自然打不开，价钱也低。整个日子打不起精神，就那么不咸不淡地往前挪着步子。

1993年，偶然的机会，她得知在杭州的中国农业科学院茶叶研究所正在招人学炒茶技术。宋昌美想试一试。学费是1000多元，她和丈夫张乐平拿不出，公公听说了，帮他们垫付了。

"一个月的时间，吃住都和采茶工、炒茶工一起，起早贪黑，学技术。这个时候，我明白了要怎么对待青叶，用什么样的手势和力度，怎么样使用电炒锅。我还发现，这里的茶叶一斤好几百块，太让人羡慕了。就大着胆子问经理，如果我这个技术学了回去，我的茶也炒得好，能不能也把我的茶叶收购了？他说可以。我就把这句话记住了。回到黄杜，我就想好好搞茶叶。"宋昌美说。

等到新的茶季，她按照学来的技术，炒了5斤茶，拎着就上了杭州。中茶所说话算话，给她收购了，挣了几千块。这是"真金白银"。宋昌美就想着往前走一步，上规模。这是要资金作为支撑的。她到银行争取贷款，银行回复需要资产担保，一下子就卡壳了。

她个性里敢闯的那一面继续迸发出来。他们两口子带着孩子，来到湖州市区，丈夫进了家电器厂，她则在厂区附近租房开了个杂货铺。虽然手头的事忙得晕头转向，但种茶的念想不曾浇灭。两年时间，挣了十多万元。按说开店这条路也不错，两个人还是放下了，直接奔回家，重新拾起梦想，搞茶叶。先是10亩。后来尝到甜头了，再追加40亩……

一片叶子叠着一片叶子，一斤茶叶再添一斤茶叶，宋昌美的茶叶生涯开始了，她的茶叶天地开阔起来了。

这一路，伴着汗水和泪水。

那时的茶季，宋昌美的节奏大致是这样的：白天采摘青叶，晚上组织人手按要求炒制，第二天凌晨，就用蛇皮袋背着干茶，在路口等班车，往杭州方向进发。一路转车，到了目的地，就往回赶，再走一个流程。"一个茶季下来，不少沿途的司机都认识我了，在路边站着，都不用招手，他们看见我，就停下车来，给我开门。"

这么连续地奔波，太疲劳了，眼睛扛不住，她经常在车上睡着。有一次，迷迷瞪瞪醒来，定神一看，钱包不见了！身边二三十斤茶叶也不见了！

那个瞬间，宋昌美有崩塌的感觉。

慢慢平静下来，种白茶这事，还是要往前走。

把泪水擦干，对茶叶好，用心用情下功夫，让日子飞起来。

新世纪开篇之际，宋昌美给自家的茶叶注册了"溪龙仙子"商标。

自己的日子好了,她就想着领着大家一起把日子过好。

2001年4月,她成立安吉县溪龙乡女子茶叶专业合作社,召集身边的姐妹,共同种植白茶。想种茶的,手头不宽裕,她太知道这是个什么滋味了,就站出来,去银行替人担保;要是没有茶苗,可以到她家的地里拿一点;炒茶技术等于零,她就一遍一遍地示范;产茶了没有销路,她把自己掌握的渠道用起来。

她成立仙子关爱儿童成长基金,专门帮扶生活困难家庭、独生子女家庭,特别关注女孩的健康成长。她给溪龙乡三周岁以下的婴幼儿购买平安保险。她派发问卷,了解孩子们有哪些愿望。得知有的想读历史书,有的想要学习机,有的想要一辆自行车,她都送来了。

为什么有这份热心?宋昌美的回答是"帮人帮不坏"。

她在溪龙乡的街上有一家溪龙仙子商务会所,是茶叶买卖的门市,也可以住宿。楼道里有书法作品:"人道酬诚""商道酬信"。

"千变万变,诚信不变,质量不变。"宋昌美说。

她知道自己的好日子是怎么来的。2004年12月,她加入党组织。后来合作社建立党支部,她出任党支部书记。黄杜村成立党总支，盛阿伟担任党总支书记。

2012年11月8日，黄杜人宋昌美，胸前别着党的十八大代表证，步入人民大会堂。

这是安吉历史上第一位出席党的全国代表大会的代表。

在同是十八大代表的《浙江日报》记者俞佳友眼里，这个农家女子，朴实、贤惠、肯动脑筋，很懂茶叶，可以说有研究。整个人，是农民又不像"农民"。他记得宋昌美说过这么句话："一人富不是富，大家富才是真的富。"

王旭烽见着宋昌美时，不禁赞叹这是个美丽的女子，"绝无那种风霜雨雪中走出来的沧桑，和她对我讲的奋斗历程完全对不上号"。

在代表团讨论时，美丽的宋昌美说："'美丽中国'建设是个宝，农民个个都说好。"她还说："回去我就要告诉姐妹们，建设'美丽乡村'就是建设'美丽中国'。"

黄杜的美丽，一直在延续，并酝酿着新的诗篇。

第二章
"黄杜+"时间与"茶苗×"效应

2018年,黄杜20名党员代表主动提出向贫困地区捐赠"白叶一号"茶苗,为脱贫攻坚添把火。他们风风火火,捐苗护苗,始终奔波在路上,续写着"一片叶子再富一方百姓"的故事。远嫁三省五县的"白叶一号"已经落地生根,并引起化学反应。

当捐苗这个朴素的念头开始闪烁时，属于黄杜的一场"成人礼"启幕了。

"思效尺寸以报国。"北宋时期安吉人朱跸的铿锵心声，有了新的回响。黄杜人以"尺寸"之苗，接续了激荡千年的家国情怀。

以捐苗，黄杜人探寻"器"的内涵：产业扶贫有哪些门道？东西部协作的具体抓手在哪里？"一石激起千层浪"到底是个什么场景？

以捐苗，黄杜人爬梳"道"之精义：人究竟应该追求什么？"后小康时代"如何安妥自己的身心？"美丽心灵"是否可以触摸？

黄杜人的答卷，深远，又端庄。

把希望注入一株株茶苗的根脉，把富足消融在一片片叶子的纹路里。

天地精神一株茶。种茶、养茶、饮茶、礼茶，黄杜人如茶。

"陌生人，我也为你祝福。"黄杜人张开怀抱。

深情黄杜，挺起胸膛。

一、搬穷山，挑一担

黄杜人的日子过得殷实、富足，他们按照自己的节奏，往前迈着步子。

2018年初，溪龙乡党委开展"不忘初心，感恩奋进"主题活动，号召大家都来想一想："我们有今天，靠谁？我们富裕了，该做什么？"

这问得严肃，也问得及时。

身为黄杜村党总支书记的盛阿伟，对着这两个大问号，陷入沉思。

1963年出生的他，身上有一股清秀气。如果没有话头，他就坐着，很安静，不显山，不露水。有了话头，一拧开，不说透，不罢休。

他原名盛志伟，小名阿伟。1984年办理第一代身份证，登记时给直接写成了"盛阿伟"，他就只好叫了这个名字。

二十来岁的时候，盛阿伟在一个砖瓦厂开推土机。后来，他就单干了，自己开推土机。他有干劲，有想法，有事说事，不客套，喜欢说"有点难为情的"，是一个实诚人。

2002年，他接替盛阿林，当选黄杜村党支部书记。具体日期是5月23日，"我记得很牢的"。

上任之时，安吉县正在推进农村环境"五改一化"工程，也就是改厕、改路、改水、改房、改线和环境美化。当时农村的厕所不少是露天的，有的主干道还是泥巴路，自来水还没有到村上来，危房不少，电线密密麻麻、随意性大，村居环境总体上说不太理想，安吉县下定决心加以整治。

这是个契机，盛阿伟紧紧抓在手里。那个时候，黄杜的白茶种植正处在上升阶段，产茶季节，不少客商都跑到黄杜来。就这么一个环境，硬要说茶叶品质有多么多么好，"挺难为情的"，说不过去。

就"五改一化"工程，盛阿伟自己不敢邀功，也不能抢功，不过在"改线"上还是有点功劳的。

当时，有关部门设想在黄杜的茶山上建特高压电力铁塔。这是一项大工程，保障华东地区的供电质量和供电安全，黄杜又是必经之路，建在茶山上确实也合适。

大道理盛阿伟都懂，不过他有自己的想法：这么漂亮的大茶园，山顶或者山腰建一个电力铁塔，整个风景不就给破坏了？

他反复跟有关部门沟通：这么一个大型工程，不让路过黄杜没道理。路过黄杜,是不是还有别的法子,能不能不在山上建这么一个大家伙?能不能在边上另外选址,保留住这个茶园的自然风景?能不能实现最小的破坏、最小的损失、最小的影响?

盛阿伟的目光不只是盯着脚尖尖,"这个时候不怕难为情的"。

后来,电力铁塔的选址重新规划了。如今,黄杜万亩茶园的诗意风光,有盛阿伟的坚持与力争。

◆茶园风光

在他家的客厅,摆放了两块奖牌。一个是湖州市社会主义新农村建设领导小组办公室、湖州市妇联共同颁发的"美丽乡村示范样本户",一个是湖州市精神文明建设委员会颁发的

"湖州市文明家庭"。

墙上还有一幅书法作品:"大江东去,浪淘尽……"

自认为"没文化""弄不来电脑,讲两句还行"的盛阿伟,对于"什么样的村干部才是好干部"这个话题比较感兴趣,经常在思考。他初步总结出了自己的"盛三条"。除了没有私心、公平公正之外,最重要的是一定不能跟老百姓"抢资源"。

"比如说,现在农村盖房子,管得很严的。老百姓的没有批下来,就我的批下来了,我就是在抢资源。再比如说,村里有一片山,拿出来搞承包,结果是村干部自己承包了,这就是在抢资源。作为村干部,带头致富是对的,但如果是通过占用村里的资源来带头致富,我觉得你是失败的。老百姓肯定不服。不跟老百姓抢资源,这是村干部的一个基本标准。"这个意思,盛阿伟表达过很多次,他说这是给自己定下的规矩。

其实,他说的都是"做人"的问题。做人要"正",要有原则。

在村支书这个岗位上工作十几年了,盛阿伟的体会是,村干部的任务就是要想办法让老百姓富起来,"我经常跟大家说,当村干部,不要老是想我干了这么多事,老百姓怎么就不说一声好。一个,现在的老百姓,要求都很高的。再一个,现在很多事都规范了。以前嘛，有些口子开了就开了，现在都关上，村干部是必须按照政策来办的，有的老百姓可能就不开心了。还有一个，不要那么功利，干点事就想着旁边有人叫好，关键是先把事情做好"。

现在，新的问题摆出来了，两个"大问号"横在那里，等着他去回答。

他感觉，这是要大家往回看。

人是要往前走的。这里有一个问题，一旦走得太快，有些东西就故意扔了，或者是不自觉给忘了，或者是迷迷糊糊走上了岔路，这就坏事了。

往回看，是喘口气，放缓脚步，等一等。这么一来，就想起了很多事，一些回忆也浮现了出来，好好梳理一下，心里也更充实一些，也明白了不少道理。

他想，为什么现在的日子好了？有白茶这个产业。为什么白茶产业发展得这么好？分析一下原因，归结起来有这么几条：老天爷赏口茶叶饭吃，这块土地适合种植白茶；老百姓能吃苦，有一股拼劲，舍得下力气；总是有人在前边领着干，总是有单位随时随地在推一把、扶一下，自己想到的他们都想到了，自己没想到的他们也想到了。

前边两条，早就有了，为什么以前富不起来现在却富起来了？这么一问，思路就清晰了。

"现在我们黄杜人之所以能过上好日子，离不开党的领导与扶持。像我们黄杜村，如果没有党的政策，没有党的帮助，永远不可能有今天。为什么？当时种白茶很多人都不愿意种，也没有条件种，是党委政府各级部门手把手牵着往前走的，活生生、硬生生地把我们带富了。"作为亲历者，盛阿伟心中有数。

第一个大问号，就这么给拉直了，变成了叹号。

接着向第二个大问号发起"总攻"。

"我们富裕了，该做什么？"他的理解是不能只考虑自己的事，应该帮别人做点什么事。推动白茶产业转型升级，黄杜人不能老是在想"扩大产量，增加收益"这些事了，要有别的思路。

这就落到主题活动的"感恩"二字上来了。

又想，"感恩"要来实在的，喊喊口号不行，开个会说几句是不够的。

再想，全国上下都在忙着脱贫攻坚，黄杜是可以搭把手的。

继续想……

一个大胆的想法从他的脑海里跳了出来。

盛阿伟要征求村班子成员的意见。

跟大家商量的那天，具体日期是2018年3月16日，"我记得很牢的"。一大早，盛阿伟来到村部，进大门，看见墙上刻有九个大红字——"往前站，向我看，带头干"，他停下了步子。

"村部每天进出多少回，说老实话，习惯了，经常把这几个字忽略了。这次，我想，'往前站，向我看，带头干'的要求，刻在了墙上，也记在心里了，关键是要做事，行动起来。"盛阿伟说。

当时临近茶季，大家都在忙。他迅速召集大家到会议室，都没有坐下来，站着就把向贫困地区捐苗的想法说了说。

"行！""可以！""没问题！""同意！""好事情！"……大家都投了赞成票。

时任村委会主任的钟玉英就在现场。

她是55岁进的村班子，由于自己没有多少群众工作经验，心里没底。上班第二天，她就遇到要为联网公路征地的事。这是一块难啃的"骨头"。她硬着头皮上。到村民家里，坐下来慢慢聊，我说现在是个什么政策，你说你有什么困难，一起商量。还是有阻碍。再次登门时，钟玉英笑着说：我知道你不喜欢我来，但是我的脸皮是很厚的，还是来了。

不断地说，慢慢地磨，将心比心，顺利拿下。

时间长了，钟玉英说自己明白了不少道理。比如，人心都是肉长的，人跟人的思想还是可以通的。比如，一个人总是要做事情的，占着一个"位置"，更要把事情做好。

书记提出要向贫困地区捐苗，这就是"好事情"。

"扶贫是一场硬仗中的硬仗。我们要跟着往前冲。"钟玉英说。

徐正斌、阮波、盛月清都是村党总支委员。

毕业于湖州艺术与设计学校的徐正斌，主修服装设计。湖州市吴兴区织里镇，是"中国童装之都"。你也童装，我也童装，织里人在全国各地卖童装。这儿是织里童装，那儿也是织里童装。说童装，看童装，做童装，请到织里来。一毕业，徐正斌也到了织里。打拼了一阵，看到家乡的白茶产业前景喜人，他就回来了，专心在茶叶上做文章。

这几年，他发现村里有个很好的现象，就是年轻人在一起，不是比家里有多少亩茶山、赚了多少钱、买了什么好车，而是比谁家的茶叶品质好，看谁家在"斗茶"擂台上无限风光。也就是说，以前可能单纯想着"走量"，现在更在意"走心"了。

微信昵称为"清风若凡"、人看着总是显精神的徐正斌说："在我们黄杜，茶苗就是一点特产，就是手头用用的东西，现在要拿出去一点，帮帮人家，有什么问题？"

阮波是80后，他经营的"木林茶场"，名字源于自己的父亲。他还给自家的茶叶取了个名字，叫"盛之源"。他的母亲姓盛，"源"与"阮"用当地话说起来发音基本相同，"盛之源"这三个字放在一起本身就有意义，他觉得挺好。

新茶上市，阮波给自家茶叶拍了一个小视频，配乐是"Beautiful Light Is Shine So Bright.Beautiful Light What Wonderful Tonight"（美丽的光是如此明亮，美丽的光，多么美妙的夜晚）。似乎有点"洋气"。其实这人戴着一副眼镜，显老成，憨憨的，显实诚，在微信朋友圈推销自家的茶叶，说的不是"每片茶叶都挑选过，我不是最好的，但我想尽力做得更好"，就是"没有华丽的语言，也没有漂亮的图片，只有短胖的茶叶"。有时还要开个玩笑，加上一句"人丑茶叶好"。

自称"种茶人"的阮波，一心将自己的情感倾注在片片茶叶上。在他眼里，茶叶是有生命的，要想做好茶，首先要对茶好，用心伺候茶，以爱心对待茶，人有这份心，茶叶有感应。

就是这么一个喜欢在浙北小山村里时不时通过朋友圈说上一声"早安！全国人民！"的黄杜小伙，听说要捐苗，心想这纯属举手之劳，"捐苗是帮助别人，也是在成就自己"。

盛月清说自己当时的态度很明确："先富帮后富是个很简单的道理。我们富了，现在要伸伸手，帮帮忙，没有理由不同意，捐苗是举双手赞成。"

回到家，她跟家里人商量育苗的事，"大家都没有意见，还说要当大事来对待"。

让她没有想到的是，捐苗这事给黄杜带来这么大的改变，"名声更大了，有不少人专门来这里，说看看这个捐苗的黄杜是个什么样子，老百姓的意识也上来了，说话、做事也以更高的标准要求自己"。

村委会委员刘炜是个90后，人有几分书生气，见人有些许的羞涩。家里开了一家母婴生活馆，他有时间就过去帮忙。还没有孩子，就对奶粉、纸尿裤的行情很熟悉。2020年6月19日晚，他在朋友圈发布了一组婚纱照，配的文字是"不早不晚，刚好是你"。

刘炜一直很庆幸自己总是能踩在点上。盛阿伟书记有了捐苗的这个打算，跟大家商量，说的是党员同志站出来做点事。刘炜是2017年7月入的党，当时还没有转正。用他的话说，自己算是赶上"末班车"了。在恰当的时间，他参与见证了这件大事。

捐苗的提议，让刘炜感到很新鲜，"以前大多是捐款，捐了就完事了。现在说要捐苗，很有创意"。

盛阿伟是个办事周全的人，班子成员同意了，还要问问村上党员代表的意见，"'党员'，要说是很简单的两个字，我算了一下，笔画是17画，关键时刻，这两个字是代表着责任的"。

他和班子成员一口气请来14名党员，听听大家怎么说。

话音刚落定，叫好声跃起。

老书记盛阿林表态："这个事，很好的。"他回忆自己当时还叮嘱了一句："说出去的话，要算数的。"

先是肯定，接着提要求，盛阿林的思路很清晰，老支书的范儿还留着。

丁强比盛阿林小个几岁，入党介绍人就是盛阿林。他入党时间是在1989年1月，初衷是"为党增加一份力量"。

说起黄杜白茶产业的起步阶段，他的形容是"好了，开始来了"。后来发展态势喜人，在他这里，就是"好了，不得了，白茶搞得火火热热，都弘扬起来了"。

问他黄杜的白茶能有今天，应该感谢哪些人。他说："一个叶海珍，一个盛阿林，他们两个，是完全有贡献的。我说的是'完全有贡献的'。"这意思可能是说，"完全有贡献的"这几个字需要这样打上着重号。

在丁强看来，种茶叶是一个看"天"的事，"天给你饭吃，你就有饭吃"。其实，人不可怕，"人要跟你作对，作不死"。人惹你，你就走掉好了，搞不过还有政府、有法律。对待"天"，关键是"心意要到"。

这里说的"天"，意义可能很丰富，是头顶的这片天空，还是整个大自然，也是客观规律，以及世道人心。

由于老人家生病了，跟他几次错过，见面时他身体正在恢复，说起话来激情不减："我们以前的日子过不好，这个茶叶让我们过好了，也要让别人过好。捐苗，同意！"

他还有话说："当时我就想，捐苗当然是个好事，捐到哪里是个大事。好比香也准备好了，蜡烛也准备好了，找不到好的庙，那就成问题了！"

1952年出生的徐有福，跟丁强在性情上真的是两个人。

跟徐有福见面时是在傍晚时分，天色悠然，晚霞沉溺在自己泼洒的幸福华彩里，整个村子流露出静谧的温暖。坐在他家院子里跟他聊，问一句，他答一句，很简洁。他说以前穷，

"穷得没有什么可说的"。现在日子挺好的,"好得没有什么可说的"。

他家里的50来亩茶园,由儿子和儿媳妇打理。儿子唤名徐雍,儿媳妇名叫陈兰兰,各取一字,他们的茶场就叫"雍兰"。

问他听说要捐苗,当时是怎么想的?他回答:现在日子好了,捐点苗帮帮人家,没有什么可以说的。

比徐有福年长两岁的盛德林,茶园里的事也都托付给后辈了。

德林是他的字,在家谱上他的名字是全林。2017年8月,安吉盛氏宗谱修编委员会成立,盛德林被推选为会长。上次这个家族修谱,还是95年前的事。

盛德林有两个儿子,老大叫盛河风。他们家的茶场,取名"风岚",跟大儿子的名字有关。盛德林老伴董颖说,这个"岚"字,是"风"字上边顶一座山,这是送给大儿子的,这个家是一座山,这个茶叶也是一座山,老大要扛起来。

小儿子盛河勇是这个家庭的骄傲。他是退伍军人,当年的部队驻地在福建漳州。1999年10月1日,他参加了天安门广场阅兵。他说当时部队先在漳州训练,后来到了合肥,再转战北京。当天凌晨,他们从北京通州区出发,开始做好受阅准备,经过天安门广场的时间,一共是56秒。

盛德林替儿子保存着原南京军区编印的《请祖国检阅——建国50周年首都阅兵南京军区受阅部队摄影纪实》。其中一张全景照片,英姿飒爽的战士们,手握钢枪,齐整整地站在受阅车上,神情刚毅,力量饱满。配发的说明文字是:"南京军区高射炮兵方队在分列式中通过天安门前,接受祖国和人民的检阅。"

盛德林和董颖有时就盯着这张照片,凑近看了,又放远看,感觉其中的那个小伙子就是自家的儿子,眯着眼睛再看,又不像,怎么还不如旁边那个像。

他们还保留着一枚勋章,上边刻有"参加建国五十周年首都大阅兵纪念"字样,另有一枚徽章。

盛德林跟两个儿子商量要捐点苗,一家人都说没问题。

退伍军人在黄杜是一股重要力量。盛红兵、盛永强、阮安丰这三位,都是在部队加入的党组织。

曾经在江苏镇江高炮旅服役的盛红兵,获得过旅部专业比武第一名,上过光荣榜。脱下军装,种上茶叶,也是一把好手。

他给自家茶场取名"茗旺"。很直接,就是希望白茶产业不断兴旺起来。

在溪龙乡白茶街上,他和爱人张爱珍经营着一个小门面,墙上刻有元好问的咏茶诗《茗饮》:"宿醒来破厌觥船,紫笋分封入晓前。槐火石泉寒食后,鬓丝禅榻落花前。一瓯春露香能永,万里清风意已便。邂逅化胥犹可到,蓬莱未拟问群仙。"

用槐火、石泉来烹茶,落花还相伴。一杯清茶,春露一般,永留香。

他说,搞茶叶,文化氛围还是很重要的。平时有空就练练毛笔字。干旱了,别人都在喊"快下雨吧",他说的是"安吉白茶急需宋江"。

说起当兵的经历,他印象中有一首歌唱得很好:"十八岁,十八岁,我参军到部队,红红的领章,印着我开花的年岁……二十岁,二十岁,我就要离部队,我把青春留给了亲爱的连队,连队给了我呀,勇敢和智慧……"

对于捐苗这事,盛红兵的态度很明确:"肯定同意,要不然对不住家门口那块'光荣之家'的牌子。"

盛永强记得,村里、乡上干部给自家门口挂上"光荣之家"牌子的时候,旁边还有人敲锣打鼓,很隆重。

他是1996年12月开始到浙江舟山的部队服役的。部队的生活很有规律,每天都要锻炼,提高身体素质,再一个就是为驻地百姓服务,特别是急难险重的关键时刻都要站出来,还有就是政治学习，天天学。盛永强说，几年的部队生活，对自己的为人处世影响是巨大的。就像种茶叶，对整个黄杜的影响也是巨大的。

听说要捐苗，盛永强没有理由不赞成，"村里号召，当然要尽自己的义务，这又是力所能及的事，捐！"

这人话不多，说起来有些"刚"。

阮安丰服役的地点在福建莆田。2013年5月4日，他专门从黄杜赶到江苏宜兴，和15年没见的战友聚会；5月9日中午，他在微信朋友圈推送从火车站出发时的情景，配文是"莆田我马上来了"；当天傍晚时分，推送的是莆田火车站的场景，留言是"十五年没见的莆田我到了"。后边几天，他跟军营里的高低杠合影，跟"豆腐块被子"合影，跟"忠诚"二字碑文合影。

四年军营生活，阮安丰念念不忘。他说，部队是一个锻炼人的地方，可以彻底改变一个人，"现在的孩子，有点管不住，说什么都不理你，反正跟你对着干，明明做得不对，稍微说两句，就来了，戗在那里，说什么也听不进。社会上这样的年轻人很多，要是送到部队，过几年出来就是一个合格的人，跟没有当过兵的是两样的。部队可以把年轻人身上不好的地方都改过来，包括习惯、思想和行为上的，身体素质更不用说了"。

2019年8月1日建军节，他在微信朋友圈分享了这么一段话："人当了一回兵，就像土烧成了陶，永远不会回到那土的状态。即便后来破成了碎片，但永远区别于土，每一个颗粒依然坚硬，依然散发着特殊的光彩！而土，就算是捏成了形，涂上了绚丽的色彩，一旦受压，又回归松散，其间的差距，就是一场火的历练。献给曾经当过兵的人！"阮安丰将这段话送给自己。

　　2020年8月1日，他在朋友圈推送了一张就餐的照片，一小碗粥，一包榨菜，两个玉米面馒头，四个小包子。配发的文字是："八一再次体验一下部队的稀饭馒头！战友们节日快乐！"

　　兵心永驻、受过大熔炉历练的阮安丰，对捐苗提议的表态是："分派给我多少苗，就捐多少苗！"

　　生于1956年的张根才，担任过村委会主任，很清晰地记得自己的政治生日是1979年3月24日。他说话显得稳重，觉得过日子，总是要碰到困难的，还是要多想想好的事。于是他给自家的茶场取名"望春"，意思是"希望春天的到来"。

　　张根才看问题有高度。他不紧不慢地说："党员，就是先进一点，思想好一点，勤快一点。组织上提出捐苗，这是做好事，要支持的。"

　　如果说张根才擅长"理性思维"，那么丁连春可能更偏向于"感性思维"。他有个比喻:"这个穷,就像一座山,要搬走。我们就来帮忙挑一担。"他说,这么多年来,黄杜人都是"安居乐业搞茶叶",搞的是自家的茶叶,这次捐苗,就是要"'背井离乡'搞茶叶",到外地帮助别人搞茶叶。

黄梅蕾的工作就跟"外地"有关。

她在邮政部门上班,组织关系放在黄杜村。茶季茶农忙,邮政的节奏也得跟上,他们在青叶交易市场设立便民工作站,提供验钞、零钱兑换、免费茶水等服务。还有一项重要业务就是邮政快递,将新鲜的茶叶安全、快速送达四面八方。平时推行"送贷下乡",茶农资金出现短缺,带上茶园证可以办理抵押贷款。

黄梅蕾家里也种茶叶。孩子爸爸名字里有个"国"字,儿子名字里有个"鸿"字,他们的茶场就叫"国鸿"。家里还养着一只英短蓝猫,取名"布丁"。

于公于私,黄梅蕾对这片叶子都是有感情的。听说捐苗的消息,她回忆自己当时的第一反应是"同意",理由是"助人也是助己"。说话时,布丁在她的脚边转了又转,有些乖巧地寻宠。

以前对黄杜的土很有意见的李粉英，现在把黄杜的土当宝贝看待。

她是彻底吃上白茶饭了，家里不仅种茶、卖茶，还开起了茶乡民宿，在家里款待为看看一片叶子的风情而愿意住下来的人们。

她家的茶场，取名"云羽"，说的是一片片茶叶，就像是云雾中的一片片羽毛，轻盈，富有诗情。云羽茶场的大门，正对着两片金叶子的造型雕塑。这是黄杜村的一个地标。可以说，李粉英是开门见"金"。

商议捐苗时，李粉英开门见山，自己拍板，认捐30万株。回家跟男人一说，麻烦了，"他跟我喊，你怎么这么抠，就不能多捐一点？"

◆金叶子造型雕塑

宋昌美平时就热心公益,"捐苗这事,不是钱的事,也不是苗的事,一株苗就是一片心"。

叶镜君家在种茶的起步阶段,宋昌美曾经"雪中送炭"。现在村里号召共同来帮助别人一把,他自然愿意。

这是个90后,自称"砍柴人",喜欢传统的味道,信奉为人的一个境界是"正心修德,自然安泰"。他又熟悉互联网金融的运作,说种茶要有现代理念,要有科学的思维,要精细化管理,要善于接受第三方的专业化服务。

横在"新"与"旧"之间的那条沟壑,他要跨过去。

就捐苗而言,叶镜君的目光看得更远:"我们捐了茶苗,送到哪个地方,分到哪一家,100株或200株,他不知道怎么种茶,也不知道过了几年产茶了怎么办。就种点口粮茶自己喝了?不给他们提供技术指导,可能就白捐了。捐茶苗只是第一步,还要帮人家种好、卖好。"

也就是说,不能凑一时的热闹,而是要有一个长远规划,把好事做实了,玩不得那些"烂尾工程""半拉子工程"。

叶镜君毕业于宁波工程学院,贾伟的母校是浙江师范大学。他们在外打拼了一阵,不约而同选择返乡创业。

听到村里有向贫困地区捐苗的设想,贾伟感到很惊讶,很自豪,"我们黄杜村的'村格'一下子提升了好几个档次"。

他说，黄杜人的生活条件确实挺好的，这是物质层面的好。现在主动提出要帮扶他人，已经是精神层面的好。以前，黄杜人想的可能都是自己的"一亩三分地"，往往是邻居家有个事，就去帮个忙。现在不一样了，他们想的是国家大事，"太有想象力了！"

黄杜的20名党员，捧着初心，集结完毕。

盛阿伟说，20名党员，是"代表"，代表的是村上的党员同志，也代表着整个村子的男女老少。

他们集结的口令就两个字——"捐苗"。

喊着这道口令的盛阿伟，松了一口气：大家都支持，这事看来要成。

要是搁在十多年前，这事可能成不了。

安吉白茶是个地域性的农产品，只有在安吉范围种植并且按照标准生产的"白叶一号"，才能叫安吉白茶。所以当地一度对白茶苗外流是很抵触的，因为"这些卖出去的茶苗有可能回过头来抢自己的生意，并且有可能对安吉白茶这个牌子造成影响"。这就是说，任由白茶苗外流，属于"自己砸自己的饭碗"。

这确实是个问题。"白叶一号"茶苗到了外地，产茶了，要么在当地打着"安吉白茶"的招牌销售，要么运回安吉跟正宗的"安吉白茶"搅和在一起，扰乱了市场秩序。

王旭烽就听说过当时安吉在路上还设有检查站，"车子停下来都要检查，看你这个茶树苗是不是'白叶一号'，是'白叶一号'的话一律不准外流"。她觉得这样的保护行为没有错，就是不太现实，"你想想，万一有人晚上跑山上去剪几根枝条来偷偷运出去，这不就能移栽到外面了吗？"

新的市场环境，流通是常态，而且还是"互联互通"，生产要素的流通追求的就是便利、自由、快捷。还抱持这个"堵"的思路，恐怕失之简单。况且看待问题，还是要从正反两方面入手。王旭烽说："白茶苗没有流出去，安吉白茶跟外面的竞争可能就没有今天那么激烈，但是白茶也可能没有现在这样的知名度啊！"

安吉人、黄杜人应时而变。

阮波觉得，这个茶苗，捐到外地，生长环境跟安吉本地肯定不一样，种植的方式照搬照抄可能行不通。这些地方种出的茶叶，是"白叶一号"产的茶，不过已经不是"安吉白茶"了，而是新的生命。

捐出的"白叶一号"，黄杜人始终视为"远嫁"的闺女。"白叶一号"产新茶，就像是这闺女生娃娃了。"比方说，一个浙江姑娘，嫁到了江苏。在江苏那边扎下根来，生了孩子，你说这孩子是哪里人？大家还是习惯说江苏人吧？你总不能说浙江的姑娘不能嫁到江苏吧？"

你情我愿真感情，浙江姑娘嫁到哪儿都行。

黄杜人的心胸更敞亮了。

盛振乾开创的大山坞茶场，他的四个儿子分工协作，联手经营。就大规模捐苗，会不会培养潜在的"竞争对手"这个问题，他家老四、微信昵称"茶长老"的盛勇亮很果断地认定，这么想是不对的。

"良种嘛，就要推广。人家日子过不好，就应该帮忙。退一步讲，哪个行业不竞争？市场嘛，是讲优胜劣汰的，是要择优录取的。你要有市场，就拿出好东西来。好东西最终是要留下来的。不能一直想自己就是个小宝宝，长大了还不敢出门，要爸爸妈妈保护，这怎么行！"盛勇亮说。

2019年1月15日，作为黄杜捐苗农民党员群体的代表，宋昌美登上浙江省人民大会堂"最美浙江人·浙江骄傲"颁奖台。主持人也问道：把这么多优质茶苗送出去，是否担心培养起"竞争对手"？

宋昌美笑着回答："不担心，有了'竞争对手'是好事情，这就意味着我们整个产业做大做强了，更多人有了赚钱的机会，可以共同富起来啦！"

都说"物以稀为贵"，黄杜人想的则是"物以广为荣"。

捐苗是一个集体的事。请来的这些兄弟姐妹都同意，这就迈过了一道坎，盛阿伟的"捐苗计划"已经有了很好的"苗头"了。

"要干什么"，这个问题基本达成共识了。"为什么要干"，道理心中有数。接下来的关键，就是"怎么干"。事先要有个谋划，有个方案。

定下数量。这个苗按照市场行情论价钱，也没有多少钱。当然，捐苗这个事不是钱的事，完全是一份心。但是呢，在数量上要是太少了，也开不了口，就真的只是那么"意思"一下？

商量来，商量去，1500万株打底，而且这数字不可往下掉，只能往上走。

要说捐苗这事也挺简单，定好了地方，育好了苗，装车，及时运过去，就完事了。这样的"一捐了事"，行不行？

这怎么行！

就像以前捐款，捐了就捐了，反正心意到了就行了。这笔钱最后到哪里了，用在什么地方了，都不大关心。如果这次捐苗还是这个传统的思路，就有点不合适了。

如果只是把白茶苗给人家送过去，不说怎么种，不说怎么管，到头来留下一个烂摊子，不见效益，还不如没有这回事。

这就像孩子写作文，只开了个头，很好看，后边没有了，或者写得乱七八糟的，老师也没法给高分。

还有销售的问题。种好了，管好了，茶叶的品质也过得去，要是卖不好，还是瞎忙乎一场，浪费了时间、人力和物力不说，还可能对别人造成伤害，多难为情！

大家你一句我一句，说开了。

盛阿伟将这些意见加以总结，就一条：要帮就帮到底。

送了茶苗，还要送技术，确保种得活、种得好，产茶了，销售上也要助把力，帮人家打开市场。

也就是扶上马，送一程，再送一程。

黄杜人在"要捐苗"共识的基础上，有了新的共识，也就是"三包"，即包送、包种、包销。

做事，就要做实事，还要把实事做得厚一点。

方向、方法、目标都定下来了，通过什么样的路径去实现呢？

这个话，说得有点书面化。其实，黄杜人又一个关心的问题是：这个苗，捐到哪里？

周边的这些地方，大多在种茶叶，有自己的苗；江浙这一带，总体上来说属于富庶区域；在电视、电脑、手机上看到有不少贫困的地方，怎样跟他们对接上？

再说了，"白叶一号"是黄杜人手中的宝，是自家的"闺女"。捐苗最为关键的是给她们找到好"婆家"，要的就是一个"门当户对"——选的地儿，要适合"白叶一号"的种植与生长。

茫茫人海中，你在哪儿呀？

二、滚烫红心向北京

黄杜人想到了北京。

他们要给习近平总书记写信，把心里的话说一说。

他们理了理思路，把想要表达的心意一条一条罗列出来，还请"外援"把关，最终落到纸上。

这封信，刚开头，简单介绍了自己的身份，他们直奔主题："从电视上看到您经常为全国的贫困操心费神"，大家坐不住了，摩拳擦掌要干点事，"今天联名给您写信是想为您分忧"。具体来说，就是"自愿捐出1500万株白茶苗，帮助贫困户种植5000亩白茶，让5000人口脱贫"。

另起一段，他们开始汇报村里的情况：

先是说以前的日子过得怎么样，"曾经也穷得叮当响"。到底有多穷？具体事例来说明。把宋昌美出嫁时的"木头鱼故事"讲了一遍。不由得发出感慨"穷日子我们过怕了"。

再说是怎么着手发展白茶产业的，"我们不懂种茶技术，乡里请人来教"。

这个产业现在是个什么样的规模，也有详细的介绍："全村共种植白茶 1.2 万亩"，一亩茶园"平均产干茶 25 斤"，一斤白茶"均价 600 元左右"。这么算来，每亩白茶产出 1.5 万元左右，"扣除成本最低也有 1 万元纯收入"。

大家的生活有了哪些新的变化，一一道来："全村现有小汽车 420 辆，其中 141 户村民乡下有一套别墅，城里还有一套洋房，有人还在海南买了过冬房，我们的日子不只是'小康'了，早就是'老康'了。"

宋昌美的"木头鱼故事"翻篇了，现在轮到"宝马故事"。如今的她，"是村里第一个在白茶园'种'出了宝马车的，她致富后成立白茶女子合作社，带领贫困姐妹共同致富，她因此成为党的十八大代表"。

点面结合，层次清晰，都是实在话。

重头的在后头。

"吃水不忘挖井人，致富不忘党的恩！"他们说出掏心窝的话。

"中国是一个大家庭，3000万贫困人口是我们的兄弟姐妹。"又是一句心里话，站得高高的。

黄杜人不只是想着"我"，还想着"我们"。

他们把目光放得远远的。

挂念着"大事"，好像是黄杜人的一个自觉习惯。

在黄杜村村委会的小院子里，有两块大石头。

差不多半椭圆形的一块，红色的阴文，内容是关于全球人口的：100万年前仅1—2万人，1800年是10亿，1900年是30亿，1987年是50亿，2009年是60亿。

有点梯形意思的那一块，上面的内容是关于中国人口的：1904年只有1亿人，1949年是5.4亿，1964年是7.2亿，1990年是11.3亿，2009年是13.4亿。

以这样的方式，黄杜人在操心"人"的问题。

"无穷的远方，无数的人们，都和我有关。"鲁迅先生这句深切的自白，也是黄杜人真切的心声。

他们接着写。

"贫困人口大都在边远山区，种白茶脱贫也是一条路子。"这是在分析情况，做出判断。意思是说，感恩要见行动，要来点实际的。"有钱出钱，有力出力。"种茶的人就说种茶的事，这是自己的"一技之长"，有这个能力，有这个把握，也有这个信心。

随后再度表达捐苗的想法,"自愿捐出1500万株白茶苗帮助贫困户种植5000亩白茶",还说清楚这是大家共同商定的。

捐了这些茶苗,给这些地方能带来哪些改变呢?"每年春秋两季都能种,一年后一亩就能产三五斤干茶,六年就进入旺盛采摘期,贫困户种植后,六年后一亩茶园就等于年年有一个1万元的存折。"

村里的情况汇报了,大家的设想也说清楚了,困难也要提一提。"但我们不知道哪些贫困户需要这样的帮助,哪些地方的气候和土壤适合种白茶。"这就是要"精准",也是说明这次写信的目的。

接着是郑重承诺:"我们希望点对点帮助贫困户,包种包销,手把手教种植管理技术,不种活不放手,不脱贫不放手。"

话都说到位了,信也就收尾了。

20人,逐个签名。

盛阿伟打头。一横一竖,端正。

徐正斌、盛永强、盛阿林、阮安丰、丁连春、李粉英、贾伟、黄梅蕾、张根才、丁强、叶兢君、阮波、盛德林、盛月清、钟玉英、刘炜、盛红兵、徐有福。

宋昌美压轴。一撇一捺,用心。

落款日期：2018年4月9日。

下一个问题：这信怎么寄到北京去？

黄梅蕾正好在邮政部门上班，寄信的事就交给她了。

20人进入一个"特殊时刻"。

他们终于把心里话说出来了。他们又在憧憬：要是这信有了回音，那是多大的事呀！

付诸行动的激动。

满怀期待的等待……

北京传来了好消息。

黄杜村到天安门，1200多公里的路程。一封信，让遥远的空间"零距离"。

听到这个消息，钟玉英的感受是"心都要跳出来了，太高兴了"。

当过兵的盛红兵"三句不离本行"。他想起了一首军歌，只是歌词有点变化："……夸咱们的信儿写得好，夸咱们的想法数第一……"

山区茶农写封信，总书记有回音，盛阿伟说自己当时的第一反应是：没想到！没想到！转而心里不停地念叨：说到做到！说到做到！

那几天,他的手机俨然成了热线,充电的次数明显多了起来。

有一段时间没有联系的亲戚朋友,拨通了黄杜人的电话,开门见山就聊上了:电视上说的黄杜,是不是就是你们那里啊?

得到肯定的答复,不禁夸赞几句:了不起!了不起!

又追加一句:你在不在那20个人里边啊?

微信群里,黄杜人收到的表情包是一个小人正在翻《辞海》,配发的文字是"找个词夸夸你"。

有的微信公众号推送了消息,有人在下方留言:"给这样的黄杜打99分,剩下的1分怕黄杜人太骄傲!"

黄杜人不敢骄傲,黄杜人心有所思。

"帮扶是好事,要帮到底,帮到有经济效益,帮到帮扶对象内心感激,这样的帮扶才有意义。加油!"网络空间里,一位署名"平平淡淡"的留言,说到黄杜人的心坎上了。

"言书"的提醒也很诚恳:"行百里者半九十。能不能脱贫,能不能后富,关键在后期的新叶加工增值。"

千头又万绪,好好理一理。

这是大事,而且是太大的事。大家都是一般人,一辈子时间再长,也办不了几件大事。现在,有一件大事就落在自己的肩上，盛阿伟知道其中的分量。

唯有一步一步做实做好，留下脚印，见出成效。

捐得准。种得活。长得壮。产出高。销路好。

这是总结出来的硬任务，排列整齐，看着也舒服，读起来铿锵有力，还押韵。文字功夫很漂亮。但岂能只是停留在文字功夫上？

紧锣密鼓，干起来。

高悬在黄杜人心头上的第二个大问号，也给拉直了，变成叹号。

为了脱贫攻坚，为了他人过上美好生活，黄杜人再行动。

"一片叶子再富一方百姓"，这片叶子有了新能量。

三、"黄杜+"时间开始了

各方力量在集结。黄杜人在操心帮扶他人的事，也有人在操心怎么协助黄杜人做好这件事。

茶苗送到哪里去？这是一个首要问题。

国务院扶贫办委托中国社会扶贫网，以公开征集的方式寻找合适的受捐地区。

要是在古时候这就有点"比武招亲"的意思了，如今时髦的说法就是"网络配对"。

条件都摆出来了。先是确定地域。这不涉及"地域歧视",而是因为"白叶一号"的种植是有个性化要求的,对自然环境有自己的适应性,不是"嫁"到哪里都能扎下根来,毕竟"强扭的瓜不甜"。

经过综合考虑和集中研判,大的方向上确定了云南、贵州、四川、广西等地。

再来谈更具体的标准。

"深度贫困地区的建档立卡贫困村,贫困人口较多。"这是题中应有之义,是一个硬指标。这个事原本就是"雪中送炭"的,要给还在为温饱问题发愁的兄弟姐妹们送去一缕春风。

"当地海拔、土壤及气候适宜种植白茶。"这是不需要多说的,否则来一个"水土不服",那就白忙一场,所谓捐苗就是瞎凑热闹。

"种植地块相对集中,交通相对便利。"这都是基础性的,还往前谋划一步,将茶叶的种植和销售通盘考虑。

"有种植茶叶的传统。"一个意思是这里的人对茶叶不生疏,有感情,容易上路。另一个意思是说这方水土对茶叶不生疏,遇见新品种,土壤中的成分对茶叶的情感容易激发出来。

"贫困户有种茶脱贫的积极性。"这感觉有点像黄杜人的

"夫子自道"。他们就是秉承着这份积极性,把白茶这个产业搞得生龙活虎、有声有色。接受捐苗的地区,有了这份积极性,才能克服可以预见的或者是无法预见的困难,才能携手干起来,才能真正成事。

"当地基层党组织有凝聚力和战斗力,能够有效组建种茶专业合作社,组织技术培训和开展产销对接。"这就是力量保障了。要有领头的,而且是真正能领事的。黄杜人太知道这一条的重要性了。

中国社会扶贫网以"特别发布1号"为题,在首页显著位置,向社会公布,替黄杜的茶苗"公开招婿"。

这类事,不能只是干等着,还要"主动出击"。

国务院扶贫办出面协调,分头到一些备选点看一看。黄杜人是考察组的"当然成员"。他们分在两个组,到四川乐山市马边彝族自治县、凉山彝族自治州雷波县,云南文山壮族苗族自治州马关县,广西柳州市三江县、融安县,进行考察选点。很快,又有了第二轮考察。

对于参加考察组的每一位成员来说,这等于是额外多出来的事,更是一件光荣的事。出发前,家里人很开心地向他们挥挥手,说一声"去吧去吧",言下之意是家里的事就不用担

◆黄杜村党员代表到西部贫困地区考察选址

心了。

一趟又一趟地选点,这一路,日夜奔波。钟玉英感觉大部分时间是在赶路,坐飞机、坐火车、坐汽车,行程密集,"我们开玩笑说,坐车都坐饱了"。

钟玉英还有一个切身感受是这一路的"凉",或者说"冷"。倒不是说天气冷,或者说当地没有好的款待,主要是因为一直在赶路,往往喝不上一口热水,吃不上一口热饭,到了旅馆,想洗个热水澡,又太累了,不想动,就放弃了,倒头就睡着了。

倒是"头疼脑热"上身了。这么快的节奏,又有水土不服的原因,在饮食、睡眠上有点不适应,身体吃不消,钟玉英途中倒下了,有点虚弱,上吐下泻。

怎么办呢?吃点药,睡一觉,咬咬牙往前扛吧。早上6点半出发,第二天凌晨1点左右抵达新的目的地。

他们还遭遇了山体滑坡。大石头横在路中央，挡住了去路。只好就地干等，看挖机慢慢清障，差不多了，就继续前行。

刘炜还年轻，以前没有真正见过"山路十八弯"是什么样。这次真是长见识了，"一直绕圈圈，有坐过山车的感觉"。当时路边也没有护栏，"不敢说话，不敢看车窗外边"。

以前他对汽车座位上方的把手不太在意，这次他发现这个把手的设计太有必要了，"抓得紧紧的，手心都冒汗了"。

到了山上，车停下来，快走几步，背对人群，吐了吐，用脚蹭了一点土掩盖住，擦了擦嘴，边说着"哇，这风景还挺好"，边走到大家跟前来。

这点苦，这点累，其实不算什么。给黄杜人以触动的，是这些地方老乡的生活状况。

浙江的地理特征，历来的概括是"七山一水两分田"。黄杜人走的这些地方，不少是"八山一水一分田"，湖南省古丈县还是"九山半水半分田"。这还不算太夸张，全县总人口14.4万，耕地11.5万亩。

"确实不太好，有点没有想到。我们对这个社会的了解还是太少了。当时我们就说，要是早几年就有这个捐苗的想法就好了。"宋昌美有点自责。

转念一想，其实这就是当年黄杜的样子。现在黄杜的日子好过了，没有理由不站出来帮帮忙，牵人家一把。捐苗这个想法，太对了。

到了这些地方，宋昌美经常有个想法：要不然就多捐点苗吧，数量上再加一点，没关系的。但这个想法很快给压下去了。

种起来容易，种得活、种得好是关键。茶叶是讲究品质的，何况安吉白茶有很强的个性，不是什么地方都合适。

脑海里，终究是"理性"唱了主角。

宋昌美说，要选的地方，降雨、积温、土质、海拔都必须严格遵照安吉白茶的生长要求，这样种出来的白茶品质才能符合标准，捐苗才能产生真正的价值。

还是要讲科学。每到一个地方，同行的技术人员爬上山坡，对土壤取样，进行科学分析、研究。

除了这些地方"久困于贫"的现状，还有一个给人以触动的情况是当地人的心态。

"他们真的是满怀期待。上上下下都觉得这是个好事，希望我们捐苗，觉得希望来了。他们越是这么说，我们的压力就越大，必须把这个事做好，没有商量余地的。"盛阿伟说。

好姑娘，到哪里都"抢手"，都是焦点。

湖南省湘西土家族苗族自治州古丈县，四川省广元市青川县，贵州省黔西南布依族苗族自治州普安县、铜仁市沿河土家族自治县三省四县，进入终选名单。

贵州一直是考察的重点地区。但原本黔西南州不在考虑范围之列，更不用说普安县了。

浙江省宁波市正好对口帮扶黔西南州。宁波赴黔西南州帮扶工作队听到消息，老家来了考察组，要为捐赠的白茶苗寻找合适的种植地。是不是可以请他们到普安来看看？

盛阿伟一行受邀而至。

普安年平均气温14℃，年降水量1400毫米，平均海拔1400米。按说这个条件还是挺符合"白叶一号"种植要求的。不过，先看了几个点，情况有点不太理想。到了地瓜镇，看到漫山遍野的蕨类植物，这一行人开始心动了。

"蕨类多的地方，适合种茶叶。"一同前来的中国农业科学院茶叶研究所研究员肖强说。

这个"小环境"，对于种植茶叶来说还是可以的。

说起"大环境"，普安还有好几张王牌。

20世纪80年代初期，就在黄杜人开始试种白茶的那段时间，普安县与晴隆县交界的云头大山海拔1700米左右的深山老林中，发现了一枚茶籽化石。经中国科学院南京地质古生物研究所鉴定，这是全世界迄今为止唯一的一枚四球古茶籽化石，将世界茶历史向前推进了100万年以上。

在普安的不少乡镇，还发现了大量野生的四球古茶树群落，特别是在普安县青山镇的普白林场周边，更是成林成片，有2万多株，最老的树龄达4800年左右，超过千年的有3000多株。

发现的茶籽化石，现存的古茶树群落，证明普安不仅是"中国古茶树之乡"，更是"世界茶源地"。

2013年3月5日，茶马古道被国务院列为第七批全国重点文物保护单位。其中，有一部分就在普安县，即"茶马古道—贵州—打铁关至罐子窑古道（普安段）"，兴盛于秦汉时期，依然保存完好，成为溯源探秘的地方。

普安的茶产业，历史长，有自己的优势，概括起来，是四个字：古、早、净、香。

比如说这个"早"。这里在腊月就可以采摘新茶，春节前后即可大量上市。核心产茶区的春茶，要比全国其他地区提前20天左右，是全国春茶开采最早的茶区之一。

普安如今发展茶产业的信心也足，提出"把茶产业作为脱贫攻坚'一县一业'倾力打造"，还定下"人均一亩茶"的目标。

"大环境""小环境"都到位，普安这个点就定下来了。

捐苗这个事，是个很正式的事。

2018年7月4日，全国东西部扶贫协作工作推进会在京召开，同时举办浙江省安吉县黄杜村向贫困村捐赠白茶苗签约仪式。跟黄杜村签约的，分别是古丈县默戎镇翁草村、青川县关庄镇固井村、普安县地瓜镇屯上村、沿河县中寨镇志强村。

以前，黄杜人的时间多数时候就是"黄杜时间"，他们在这方土地上劳作、生活，目光也向外看，但"外地"毕竟是"外地"。这一次不一样了，黄杜人的时间调拨到"黄杜+"模式，他们的日子与这几个地方，开始有了全新的关联。

不要说乡镇、村庄了，就是这四个县的名字，盛阿伟以前都没有怎么在意过，如今一直在脑海里盘旋，还扎下根。

以前，看电视上的天气预报节目，黄杜人最为关心的是浙江的天气怎么样。谁家有亲戚朋友在外省市生活，这个地方的天气情况也很在意。有了捐苗这个事，川、贵、湘三地的天气，他们开始另眼相待。

"闺女"今后毕竟要在这些地方生活，怎能不关心？

黄杜人，"十个手指弹钢琴"。在选点的同时，已经开始育苗了。

育苗，育好苗。捐苗，捐壮苗。

什么样的"白叶一号"是上等的好苗？安吉县早就给出了具体标准。

最高级别是这么定的：苗高超过30厘米，茎粗超过3毫米，根长大于12厘米，着叶数超过8片，一级分枝数目是1或2，不得有检疫性病虫害。

降一格，是这么个要求：苗高在20—30厘米之间，茎粗在1.8—3毫米之间，根长4—12厘米，着叶数不低于6片，一级分枝数目是1，不得有检疫性病虫害。

那就按照这个标准来，就高不就低。

黄杜人心中的鼓点，咚咚咚，密实，嘹亮。

20名党员带了头，后边的事已经不只是他们的事了，黄杜人都行动起来了。其他的党员，还有群众，无论是种植大户，还是小户，都愿意捐苗。

盛勇亮说："党员带头，群众跟进嘛！这个捐苗，是扶贫，是做好事，属于精神文明，很重要的，没有理由不支持的。我们家老爷子嘛，是老党员。要是知道村里头有这么一个事，肯定很高兴的。他要是还在，肯定要跑着去捐苗的。这么大一个事，有我们奉献的一点东西在里边，是很光荣的。"他认领了35万株。

薛勇是老党员丁强的女婿，经营着"雅思茶场"。当时注册商标时，挑选了好几个名字送上去，因为有同音同字的问题，都给否了。找不到合适的，发愁之际，薛勇想起女儿的名字叫"雅思"，就干脆上报这个，竟然通过了。现在，他的这个"雅思"商标还在境外注册了，他的茶场是第一家在境外注册商标的安吉白茶企业。

对于这次捐苗，薛勇连呼"好事情"。他说："我们黄杜人自愿提出来要给贫困地区捐苗，是在做一件好事，再往前看一步，其实是在做人。"

"做事"的最高境界是"做人"。

薛勇的捐苗数量是25万株。

黄杜人魏林水也加入捐苗队伍，想法很简单，"想为贫困地区出一份力"。当年，黄杜夏天炎热，为了确保茶苗水分充足，长得好、长得壮，他经常冒着高温到地里浇水。

他准备捐赠10万株。

想捐苗的，自愿报名，主动来登记。

1500万株的数量，很快就被认领一空。

其实，茶苗的数量，没法满打满算。育苗过程中，做不到育一株是一株。运苗过程中，也可能有损伤。种植下去了，免不了有的长不好，没法实现种一株是一株。黄杜人在育苗时就留出了300万株的富余量，作为备用苗。

在黄杜，不是所有人家都育苗。有的是忙起来顾不上，有的是自认育苗技术差了一点，有的是家里没有合适的育苗地，有各自的原因。承诺了捐苗家里又不育苗的，就定数量、付定金，请村里的育苗能手代劳。

这属于买苗来捐苗。

反正心意要到，说到做到。

那段时间，盛阿伟走在路上，总是有人拦住问：茶苗够不够？我们家里有。

想当年，盛阿林走在路上，总是有人拦着问：什么时候村里给我们把账结了，就那么几个钱。

黄杜村，真的是大不一样了。

黄杜人，心里想的事也不一样了。

信任归信任，数量归数量，顶重要的还是质量。

好土育好苗，育苗的地块要选好。

苗木的种植时间，宜选在茶树的休眠期。具体来说，有两个时间段比较合适。一个是每年的10月下旬到11月下旬，属于秋季定值。再一个，是2月中旬到3月上旬，属于春季定值。

黄杜的这轮捐苗，是秋季定值，育苗时间正处于酷暑时节。给茶苗降温，是一项重要的任务。勤浇水是一个办法，还有就是给苗圃盖上遮阳网。

◆黄杜村党员群众精心培育茶苗

黄杜人用心伺候。

目标很清晰：争取一株是一株，都好好的，都胖胖的。

"在我们乡下，要送别人东西，都拿最好的，宁愿把差一点的留给自己。"盛阿伟说。

这个道理，朴素又深情。

黄杜人心目中还有一个朴素的道理："白叶一号"茶苗就像是自家的闺女。

这么说，多少是有点内在依据的。如果说茶叶有性别，安吉白茶偏向于"女性茶"。王旭烽说："初识安吉白茶，就像邂逅刚刚入学的女大学生，如果一定要找个形象代言人，应该是影片《山楂树之恋》中的那个静秋吧。"在她的笔下，安吉白茶"晶莹剔透"，是"山村秀女型茶树"。

有黄杜人给自家茶场取名字，用的就是自己闺女的名字。

原因是叫着顺口、亲切，也是自己的心情写照：像疼爱闺女一样关心着这片叶子的冷暖。

现在，已经替"闺女"把"婆家"找好了。是不是应该把他们请上门来，走动走动？

2018年8月底，黄杜人替即将远嫁的白茶苗，把"婆家人"请到家里来。三省四县，一共来了26位。

黄杜人热情款待，跟他们好好说了说白茶苗是个什么脾气。

比如，种出好白茶，土壤是第一位，要透气、保水、保肥。还有茶园怎么选址，土地怎么开垦，茶苗怎么修剪，等等。

这些"婆家人"也很急切。这么一个品种，听说还很娇

◆2018年8月27日—30日，邀请三省四县受捐地代表来黄杜村接受系统培训，为茶苗捐赠做好前期准备

贵，眼看着就要"过门"了，是个什么性格还不太清楚，不要过来了就耍脾气、闹情绪，谁也受不了。

他们或蹲下观察土壤情况，或查看茶苗长势，或认真记笔记。

逮住机会，赶紧发问：我们贵州海拔比这里高很多，过了10月份雨水偏少，土壤方面需要注意些什么？

有的就问：安吉白茶的主要病虫害有哪些？怎么治？怎么防？

黄杜人有问必答，和盘托出。自己说不好的，不太懂的，当即咨询专业技术人员。

有课堂培训，有茶企参观，有茶园观摩，有你问我答。

盛阿伟忙前忙后，心里在说：我们尽量多说一点，你们尽量多学一点，要是少走弯路多好啊，要是不走弯路那就更好了。

手机通讯录一下子增加了几十个号码，微信好友添加功能那几天顿时变得热络起来，"扫一扫……点这里，我扫你……"

电话留好，微信加上，有事您说话。

人，有来有往。茶苗，已经育好。择个良日，把事办了。

这个良日怎么"择"？

接受捐赠的四个地方，古丈县的条件还不太具备，需要再等一等，其他的三个地方，早就已经翘首以待了。10月底又是白茶苗种植的黄金时期。好一番综合研判与反复协商，这就像孩子要结婚了，两家坐下来商量，把各自的要求、各种的情况都摆出来，看具体日期定在哪一天合适。

10月17日是全国扶贫日，正好"借个光"。又想当天估计上上下下的事情比较多，那就往后推一天。也就是2018年10月18日。

"白叶一号"要动身了。黄杜人自然要一路陪着。除此之外，还要有人"打前站"，提前赶到目的地，协助当地做好相关的准备。

把茶苗往地里种下的那一瞬间，力度把握不好，方式不到位，也就是种不好，那前边选点、育苗、平整土地的辛苦算是白费了。

选址、翻地、打坑、移栽、剪枝、采摘等，每一个关键环节，黄杜人要在场。

承担普安站任务的，是盛志勇，盛阿伟的弟弟。盛阿伟这个当村党总支书记的，太忙了，就请出自家兄弟"出征"。

10月17日凌晨3点，盛志勇从村里出发，乘坐6点多的飞机，从杭州飞往贵州安顺黄果树机场，再转乘大巴，下午5点左右抵达普安县城。

这是盛志勇第三次前往普安，为茶苗栽种提供前期指导。他种植白茶已经有二三十年了，是个懂行的"土专家"。这次到普安之前，他的基本行程是这样的：8月5日从杭州到普安，

27日从普安到沿河；9月12日从杭州到青川，23日返回安吉；10月8日再到普安，12日返回……

这一次，他在异乡迎接"白叶一号"的到来。

在他的家乡，欢送的氛围已经起来了。

18日，天色微微亮，黄杜村就有了办大事、办喜事的气氛。

这时的山里，清晨已经有了些许的寒意。黄杜村的白茶事业服务中心，占地上千平方米，是黄杜的"乡村客厅"。当天，这里是"白叶一号"茶苗"出闺"的地方。领受了捐赠任务的黄杜人，早就开始在田间起苗，手拎，肩挑，车运，陆续送到这个集合点来。

◆黄杜人用心捐好苗

空气中的那点寒意，让一身的热情给盖了过去。

事先说好了，捐苗的，自家把茶苗数好，一把100株，用塑料袋包好，作为一个单位。十横十竖，放入一个方格，就是1万株。再来计算多少个方格，就是多少万株。

还有一个事，就是对装车茶苗的质量把关。只有好苗才有资格上车。有几条是硬杠杠，比如苗上要带土，根部要包上薄膜。

这就要设置"安检员"了。

丁强被委以重任。他很严肃地履行自己的职责，"这个不能打折的，不讲人情，不讲面子，口子一开，不得了，要保质保量。你说这个捐苗，要是捐了一些坏苗，人家给退回来了，或者是给扔了，名声就都坏掉了"。

上车了的苗是好苗。好苗也要伺候好。

这些苗，与"婆家"的距离有远有近，最近的也要有个1500公里。这就意味着要闷在车里二三十个小时。黄杜人想办法，争取让这些苗在路上舒服一点。

茶苗怕挤压，如果杂乱无序地堆在一起，就给压伤了。

黄杜人就用竹脚手架隔出空间，让茶苗能伸胳膊伸腿。

路程远，时间长，一时半会儿到不了，茶苗受不了。

那就多请司机，人可以休息车不休息，快马加鞭，往前奔。

茶苗娇嫩，特别是安吉白茶苗，更是娇滴滴的，耐不了高温。

市场上有冷藏车，只是成本要翻倍。没关系，黄杜人租来，确保车厢恒温在7℃左右。

远嫁的"闺女"安顿好了，黄杜人还办了一个仪式，轰轰烈烈、大大方方地送出门。

几辆运苗车一字排开，干干净净的，每辆有9米长，车身上临时张贴了"黄杜村捐赠四川省青川县'白叶一号'扶贫茶苗"等横幅。

◆2018年10月18日，首批"扶贫苗"从黄杜村启运

这就是要一路亮明身份了。

在"一片叶子富了一方百姓——浙江安吉捐赠茶苗启运活动"现场，盛阿伟致辞。四川省青川县政府领导专程而来，作为受捐赠方代表也讲话了。

◆2018年10月18日,"一片叶子富了一方百姓"——浙江安吉捐赠茶苗启运活动在黄杜村举行

运苗车要出发了。黄杜人插空又浇了一次水。

"白茶姑娘"就要远走,黄杜人已经牵挂很久很久……

运苗车缓缓发动了。黄杜人挥了挥手,心里在说:走吧,走吧……

盛阿伟说自己当时的想法是,"路还长"。

这有两层意思。这一车一车的"白叶一号"茶苗,到达各自的目的地,需要走很远的路,希望平平安安的,不要有什么闪失和意外。再一个,就是茶苗启运,只是"捐苗大计"的一个环节,后边的事还多着。

"就像万里长征,只走完了第一步。"钟玉英说。

对于接受捐赠的地区来说,这一步是一大步。

他们想说的是"我们准备好了"。

"白叶一号"落地普安县,主要是在地瓜镇屯上村和白沙乡卡塘村。为了将荒山开垦出来,他们加班加点抢抓工期,道路、水网、土地平整等每一个项目点都热火朝天,还喊出"抢晴天、战雨天"这句口号,给自己打气。

心里的期待也是满满。屯上村村民敖成美说:"白茶种在我们家乡,我们很高兴。我们老年人出不了门找钱,希望种起茶,我们就在这方面找点钱。"实打实,多诚恳。

万事俱备,只欠东风。

途经浙江、安徽、江西、湖北、湖南、贵州6个省,运苗车在10月20日凌晨抵达普安。

盼望着,盼望着,茶苗来了,脱贫致富的脚步近了。

怎么迎接"白叶一号"?办喜事,而且是办大喜事,中国人喜欢上的项目是敲锣打鼓。

那节奏里,那声音里,是内心深处激起来的喜悦。

普安有不少苗族同胞,他们有自己的专项特长。于是,芦笙舞跳起来,自己创作的山歌小曲儿也随口唱起来。

问茶苗运到的那个时候,村子里到底是个什么情况?青川县青坪村村支部书记王永明想了想,"这么说吧,很热闹,像过年一样"。

热闹是表达一下心情,茶叶种植毕竟还是一个科学的事。

在交接现场,普安县林业、农业、茶叶产业办公室等机构,对一路运送过来的"白叶一号"茶苗进行专业检验。

黄杜人说话算话,这些苗,的确是优等苗。

"白叶一号"从黄杜出发前有仪式"欢送",到了普安,也有仪式"欢迎",热热闹闹地迎进门。

普安县举行浙江省黄杜村捐赠"白叶一号"茶苗首种仪式。盛阿伟发言了,屯上村党支部书记李贺成也发言了。

◆2018年10月22日,浙江省黄杜村捐赠白叶一号茶苗首种仪式在贵州省普安县举行

一个"娘家人",一个"婆家人"。

盛阿伟说:"安吉白茶今天正式'嫁'到普安,要落地生根了,你们要像爱护自家的女儿一样,把这批茶苗种好、护好!"

李贺成说:"我们感恩浙江亲人的好意,这个茶园就叫'感恩茶园'。我们要虚心学习,让'白叶一号'茶苗在这里一切都好好的。"

一边是"闺女"出嫁,一边是"儿媳妇"过门。"娘家人"有点不舍,"婆家人"表态:放心,放心,我们把"儿媳妇"当"闺女"一样看待。

10月底,又是在海拔1600多米的地瓜镇屯上村大水塘山上,天气有些寒冷,很多人都穿上了冬装。盼了大半年的白茶苗终于来了,大家不顾严寒,干得热火朝天。

◆2018年10月22日,黄杜村党总支书记盛阿伟(右)与受捐地代表共同种下"扶贫苗"

举目望，一片繁忙。有人提议，两位村支书要不要共同栽下一株茶苗？

大家看重的是这株茶苗的意义。

盛阿伟说，当时两人合作种植茶苗的场景，有记者拍下来了，也写了很好的报道。其实自己那个时候是半蹲着的。因为连续奔波，两条腿已经酸疼难耐，没法完全蹲下去，只好咬牙扛着，算是勉强完成了种植过程。但是，整个过程心里是暖的。

千里情谊一株茶。

10月20日凌晨，装载"白叶一号"的运苗车抵达沿河县中寨镇。

刘炜代表黄杜村，将茶苗正式移交。6时30分许，刘炜和中寨镇志强村村干部张勇冒着初寒和细雨，一起种下沿河的第一株"白叶一号"茶苗。

跟刘炜一起前来的，还有茶叶专家肖强。

当天上午，100万株"白叶一号"茶苗运抵青川县沙州镇青坪村。在锣鼓声中，张根才代表黄杜村，将茶苗正式交付给青川人。

黄杜人杨学其已经在这里等候多时。他提前好几天赶到这里，就"白叶一号"如何栽种，向当地的种植户进行现场培训。

他是钟玉英家的那口子。村里事情多,书记盛阿伟又经常出差,钟玉英当时是村委会主任,没法离身,就跟自家男人商量,"我就跟他说,蹲点指导确实很苦,但是得有人去,我在村里走不开,你是村干部家属,要不你带头去吧。我到村里工作之前,家里开过会的,你也同意,说要支持我的工作。现在到了需要你支持的时候了"。

杨学其笑着说:怎么也没有想到,当初说要支持老婆工作,这次把自己给"支持"出去了。

又说:老婆说话了嘛,做工作了嘛,不听是不行的。

有人说这是"替妻出征"。杨学其笑着又把话说回来了:不是的。自己就是黄杜人,本来就有一份责任。

快60岁的人了,杨学其奔着这些地方跑了一趟又一趟,"把家里的事都抛掉了。'舍小家,顾大家',是不是这样讲的?我漂亮话是说不来的。这是要看实际行动的呀,对吧?"

茶苗种得好不好,是一个大事。种下去了,管护得好不好,是另一个大事。真正的"安家落户",有一个漫长的过程。

黄杜人将责任扛在肩上。

三省四县之外,2019年"白叶一号"扶贫项目又扩充了范围。贵州省黔东南苗族侗族自治州雷山县新加入受捐地名单。

截至2020年4月,安吉县共派出42批300多人次的技术人员实地指导,解决各种种植技术问题,通过线上线下各种方式累计培训茶农43批次1300余户,指导技术人员、管理人员34批次230多人。

其中,黄杜人用力尤勤。

◆黄杜村党员代表到受捐地开展技术指导

他们派出的技术员,种植白茶时间大多有十几年以上,积累的经验很丰富,是"老手",也是"能手",遇到了问题,一般都能拿得出解决的办法,可谓"'白叶一号'技术帮扶天团"。

2003年4月8日,浙江省首批101名科技特派员,跋山涉水、走村入户,为农民兄弟出谋划策、排忧解难。从这个时候开始,浙江建立"科技特派员制度"。这一次,黄杜人以"土专家"的身份,把自己"特派"到了三省五县,跨区域提供茶苗的种植、管护服务。

很神圣的一个事，黄杜人带着感情看待。盛敏凡是这个"技术帮扶天团"中的一员。他说："'白叶一号'茶苗到了这里，就像出嫁的女儿。家里人有时间就想赶过来看一看自己的女儿过得怎么样，对不对？"

这个话说得很漂亮，也很轻松。谁都知道，背后的支撑是黄杜人的付出。

盛志勇和盛敏凡搭档，主要在普安，其中一次是30天，一次是26天，两次13天。

2020年8月10日晚，在普安县的一个宾馆，见着了他们俩。

"我们现在一个月的时间大致是这么分配的：贵州的普安、沿河，湖南的古丈，每一个'点上'站个六七天，回安吉老家休整一个星期，再出发，又是一个循环。"盛志勇说。年届五旬的他严肃起来说话滴水不漏，有时又喜欢说笑，旁边的人还没有反应过来，他自己早就乐开了。

在盛志勇那里，"白叶一号"安家的这几个地方都是"点上"。而每一个"点上"又可以再细分。比如，在普安，茶苗分别种在了地瓜镇屯上村和白沙乡卡塘村。于是，普安这个"点上"又具体分为两个"点上"。

到了"点上"，是要工作的，就茶叶怎么种、怎么管护，随时分享经验。盛志勇把这些都省略了，他说的是"站"。不说"在一个地方工作个几天"，而是说"在一个'点'上站个几天"。

杨学其和钟雪良搭档，负责的"点上"主要在青川，其中一次"站"了30天；另一次是10天，杨学其中途返回，钟雪良一个人又"站"了21天。

离家的时间有点太长了，慢慢开始想家了，"很想很想的那种"。

茶园大多建在山上，以前都是荒山，现在开垦出来种茶，各类硬件软件一时没有跟上。

整天在山上忙，手机信号没保障、不稳定，好一阵子手机没动静，心里就担心：不要家里有什么事，电话都打不通。

"家里来电话了，接通之前，很担心，是不是有什么事？这个时候打电话来。家里一段时间没有来电话，也担心，是不是有什么事？这么长时间，电话也没有一个。"盛敏凡说。

2019年9月底，在青川的杨学其接到家里的一个电话。傻眼了。

儿子杨旭飞在茶山上施肥时，出了意外，三轮车从身上碾过，被送到位于湖州的解放军九八医院进行紧急手术。

他给儿子打电话：你是当过兵的，要扛住！

泪水含着，直打转转。

其实，这之前，在青川时他的中耳炎发作，耳朵化脓。人有难处，就想家。他请假回了安吉，在湖州住院一星期。稍事安顿，又匆匆出发了。

是的，请假。这是一份带着责任的工作。

钟玉英、杨学其家庭，被评选为2019年度浙江"最美家庭"。全省共100户。

出门的，对家里有愧；在家的，尽力把家庭扛起来。盛敏凡时不时往外跑，妻子张仁玉就像陀螺一样转，专心捣鼓家里的"柴米油盐"，还要照顾年迈的父母和两个孩子。

盛敏凡的父亲82岁，母亲80岁，都患上了尿毒症。每周一、三、五，两位老人都要到安吉县医院透析。下午5点半从黄杜村出发，6点半开始，10点半结束，到家就是11点了，风雨无阻，"跟上班一样的"。他在外，这些事都是爱人扛着。

"我都不知道我老婆是怎么挺过来的。"面向茶苗，盛敏凡叹了口气，说了一句。

"承诺了的事，就要做好。"盛敏凡有些羞涩，又很坚定，再说了一句。

家里始终是一个牵挂，自己在外也有一些不方便的地方。

衣食住行，生活上的这么几件事，一开始就有点不适应。

比如说，这些地方，上茶山，之前的路不好，不少是盘山路。盛志勇说："那个路是斜的，要是两辆车遇上了，是一寸一寸地挪，很慢的。我们坐在车上，不敢往车窗外看。"

2020年8月，我在普安时，车辆驶出县城，不管是往地瓜镇方向，还是往白沙乡方向，主旋律就是"拐弯—再拐弯—又拐弯—还拐弯"，一个接一个，密集又突兀，不太预留喘息的空隙，让人的眩晕感陡然加深。

"拐弯进行曲"持续进入高潮，心想应该收尾、作结了吧。问司机师傅是不是快到目的地了，得到的回复是：不着急，这只是个开始。

盛志勇和盛敏凡早就已经习惯了这个节奏。他们往来多少回，对普安的基本情况已经比较熟悉了。路过兴中镇，盛志勇说这个地方原来叫罐子窑镇，后来改名了。看见路旁有"崧岿"二字，感觉新鲜，盛志勇解释说，这是寺名，明代的古迹。

"这里的天气，很有意思，飘过一片云，就开始下雨，不闪电，也不打雷，没有这些准备的。"盛志勇说。

在普安县城，他们俩知道哪家宾馆"物美价廉"，而且这家宾馆某个面向的房间最好不要住，楼下时常有人跳广场舞，噪音不小。有几个房间正好临近中央空调装置，动静大。

他们有时吃住还在茶园的工地上。原本就是贫困地区，条件有限，时不时断水断电，饮食上口味也不习惯。

1994年出生的钟雪良，身高一米八，在上海当兵服役五载，因为表现优秀，加入了党组织。2017年退伍回到村里，过个年就遇见捐苗的事。原本从小就对种茶有感觉，这回也来了"感觉"，加入"技术帮扶天团"。到了四川，上个菜，"好家伙，就是辣，没有一个菜不辣的，变着花样的辣，筷子伸不下。一顿饭吃下来，嘴唇受不了"。

移步到贵州，情况又变了，"辣就辣吧，还酸，感觉一口牙都要动起来了"。

条件允许的时候，他们就到大街上摸情况，看哪个馆子的饭菜能对上自己的口味。

语言沟通也是个问题。当地的青壮劳动力，大多外出打工了，留下的除了孩子，多是老人，年龄偏大，口音重，"你说个话他听不太懂，人家还客气，点点头。他说个话你又听不懂。就僵在那里了。到旁边请个年轻一点的，来帮忙'翻译'一下才行"。

到了"白叶一号"落户的这些地方，黄杜人感觉有点特别。他们不是扶贫工作队成员，也不是"第一书记"，这是"公家"的事。他们不是"售后服务"，不是买卖交易时说好了要包教包会，也不是花钱请来的"技术指导"，更不是打工赚钱来了，这都属于"商业"行为。他们来"驻村"，是因为自家的茶苗送过来了，负责到底，看看有什么问题，帮忙出出点子，目的就是让茶苗好好的。

这就涉及一个棘手的问题，就是身份问题。盛志勇说："到了这些地方，大家都很客气，很尊敬，说我们是专家，是技术员。说实话，我们就是一些种茶叶的农民。"

而且，在家里是一个农民，到了这些地方就代表浙江了。捐苗这个事，一直是社会关注的热点，各类媒体都在跟踪采访。正好浙江的专家在，那得请人家说两句。

接受采访这事，原本距离盛志勇远远的，都是在电视上看人家怎么说，现在成了他自己的一个事，还是一个经常要面对的事，"特别是电视采访，记者把话筒送到你跟前，机器开着，头大，不知道说什么好。有的还是直播，你说什么，直接放出去了，太伤脑筋了"。

还有更让人伤脑筋的事。

"白叶一号"到这些地方"安家落户"，是个新品种。这些地方，原本就是产茶区。"绿水青山映彩霞，彩云深处是我家。家家户户小背篓，背上蓝天来采茶。……青青茶园一幅画，迷人画卷天边挂。花里弯出石板路，弯向海角和天涯。春茶尖尖叶儿翠，绿得人心也发芽。……"悠扬的采茶歌，早就传唱开来。

对于茶苗怎么种植、怎么管护，他们有自己实践多年的思路。"白叶一号"的种植与管护，又是有一套规范的。现在茶苗换地儿了，有了新的气候、新的水土，这套规范是不是还管用？

就技术要领而言，说到位了，是不是就理解到位了，紧跟着做到位了？或者是一开始是不是就说到位了？

技术、观念、理念上的深层次问题，慢慢呈现在合作双方的面前了。

还有，安吉白茶原本就名声在外，这次"白叶一号"隆重地远嫁而来，担负的责任是帮助大家从贫穷的深水里爬上岸来，受捐地区满怀期待，心情多少有些急切，等着"白叶一号"这条"鲶鱼"快些到来、赶紧发力，搅动原有的茶产业，来一个"升级换代"。而"茶苗、茶树、茶叶"这三者的递进，是需要漫长时间来填充的。茶产业的再度培育也是有一个过程的。

新与旧，急与慢，都在理。

这需要沟通与磨合，也需要试验与摸索。前提是要有耐心。

三省五县种植"白叶一号"茶苗的地方，黄杜人力求"在场"，及时"把脉"，早点发现问题，尽快把问题处理了。

对于共性的问题，黄杜人有针对性地提出一揽子的建议。

比如，水分的问题。由于新种的茶苗根系比较浅，新生根系不太发达，对水分的吸收能力相对来说要弱一些。

怎么办呢？黄杜人提出来这要分具体情况。

在雨季来临之前，根据天气和土壤墒情，如果连续晴天不下雨，对于保水能力比较差的砂质地块，间隔三天到五天就要浇一次水。对于土质黏重的土壤，视情况要灌水。

在雨季，对于排水不畅、土质黏重的地块，要及时开沟排水，防止土壤积水沤根。

如果夏季持续高温干旱天气，那就是大事来了，要全力抗旱，以保全茶苗。

施肥的问题，也是"多管齐下"。

茶苗成活了，秋末冬初的时候，气温基本稳定在20℃以下，每亩施用100—150千克菜籽饼，还有10千克硫酸钾型复合肥、两三千克尿素。

具体怎么施肥？建议很详细：距离茶行10—15厘米，开施肥沟，深度在15—20厘米之间，将肥料施入施肥沟，然后人工覆土。

施肥还有其他的招数。

如果土壤有机质含量和肥力不太理想，那就采取一个天然的办法，也就是种植绿肥。

赶在春季的尾巴上，开始种植大豆、花生等作物，大行间全覆盖，达到压草、保水、遮阴的效果。大豆、花生开花之前，及时割青，翻入行间，培肥土壤，就不要惦记大豆、花生的收成了。

取之大自然，用之大自然。

到了秋季，就可以种植蚕豆、紫云英等，作为绿肥的储备。到了春季，翻耕入土，"化作春泥更护茶"。

还有除草的问题。

"草不荒苗"，这是总的原则。也就是，草不要把苗给"吃"了。

气温比较低的时候，行间离茶苗30厘米外，可以浅耕除草。注意事项来了：根茎周围的草，不能锄，根比较浅的杂草只能手拔，根比较深的杂草需要上剪刀，目的是防止松动，损伤根系。

夏季高温期间，是不能锄草的。倒不完全是惜人力，而是杂草留着，"可堪大用"，让它们各就各位，站好岗，遮阴、防旱。

高温一过，对不住，用不上了，铲草除根，速速执行。

黄杜人真的是倾囊相授。

对待病虫害的问题，要慎重。黄杜人提醒大家，5月、6月和9月，是茶树害虫高发期。这几个月，有空就往茶山上跑，看看叶子的状况，切不可大意。

茶叶是用来泡着喝的，食品安全牢记心上。一旦有了病虫害，当然要治，只是主要采用绿色防控技术，以非化学农药为主。要是害虫大面积暴发了，都威胁茶树的生命安全了，就根据虫害的种类，喷洒应急农药进行控制。关键的关键是要"适时"，也要"适当"。

具体建议是："1毫米喷孔喷头细喷雾，走路步速，高度离苗顶部1尺，减少劳力和农药。"

茶园周边的植被情况，也是黄杜人操心的。一些地块，基本上见不着树木，他们建议在茶园的四周种植桂花树，说是可以起到适度遮阴的作用。

在种植、管护过程中，一些个性化的问题暴露出来了。黄杜人说一声"对不住"，当面锣、对面鼓，说清楚。

有的地方就存在寄生性植物菟丝子。这属于有害杂草，遇到适宜的寄主，就紧紧缠绕上去，再生发出吸根，进入寄主的组织，开始疯狂吸取养分和水分，轻则影响植物的生长，严重的直接让寄主"一命呜呼"。

这就是说,"白叶一号"茶苗,黄杜人眼中远嫁的"闺女",在"婆家"被坏人盯上了,各种肆意骚扰、胡搅蛮缠,令其防不胜防,烦不胜烦,甚至还发出了生命受到威胁的信号。

黄杜人很严肃地指出来,这个菟丝子,要全面、彻底清除一次,不留死角,还要及时翻晒,使之远离茶树,免得再度缠上身来,无休无止。而且还不要以为清除一次就万事大吉了,两三年内都要留个心眼,看看是不是又冒出来了。黄杜人的建议是"落实专人检查"——"闺女"的人身安全,"婆家"要有专人负责。

有的地方,在施肥这个问题上有自己的经验。比如说,前一年种下的茶苗,第二年6月份不施肥。因为几年前当地有人种植了上百亩茶苗,6月份施肥了,结果茶苗都一命呜呼了。他们得出的结论是6月份施肥容易导致营养过剩,茶苗承受不了。

黄杜人说:一个孩子几个月大,不喝奶,只喝白开水,行不行?这么一问,把人给问住了。

黄杜人详细了解是什么时间施的肥,施的是什么肥,是怎么施肥的。得出的结论是施肥的时间、施肥的方式、肥料的选择上可能有些问题。

有的地方，茶叶的叶片都已经开始转绿了，还喷施了叶面肥。黄杜人说，这是不可以的。这么干，很容易形成空心秆，导致茶苗的抗旱抗寒能力急剧下降。

有的地方，下了大雨，茶园的局部地区被冲刷了，沟渠已经被泥沙基本填平了。黄杜人急了：得赶紧把泥沙清理了，恢复沟渠的清朗面目。

进一步的建议是："彻底开好大沟、围沟、直沟和梯田内沟，确保大雨不冲梯田，不淹茶苗。"

感觉黄杜人有点"碎碎念"。

黄杜人的节奏，密实又欢实，咚咚咚，锵锵锵。

随着捐赠的"白叶一号"茶苗陆续到位，种植的问题解决了，茶苗的管护显得尤为重要。这是一门大学问，没有"万宝全书"，没法"一招鲜"，都是要直接面对时不时可能冒出来的新问题。

信息时代，技术帮扶也步入"云端"。黄杜人的手机里一下子多了好几个微信群。有"小群"，比如"青川'白叶一号'技术群"。也有"大群"，取名"'白叶一号'战斗群"。

他们视为一次次"战斗"。

为何要"战斗"？为谁而"战斗"？大家心里都清楚。

怎么来"战斗"？他们随时随地交流。

有人在微信群里发问：茶园除草，选用哪种除草剂比较好？

在线答疑很快就有了回复：不建议使用除草剂。因为这几块茶园的土壤本身就比较板结，不利于根系的生长，打了除草剂以后，根系生长更加不利，影响后期生长及成活率。

再是明确告知有一个新情况：草甘膦正在逐渐禁用。

"幼龄茶园除草还是建议高温季节过后，人工除草。虽然前期投入大了一些，但有利于后期生长。"都是经验之谈。

甚至感觉有点苦口婆心，在说着一个道理：有时候，干事情，就需要用一点"笨办法"，下一点"慢功夫"。

还有就是把眼光放长远一点，一时的麻烦与劳累，是为长久的未来打基础。

问题不断，答题的思路也在变换。

茶苗生病了，也不知道患上的是什么病。有人拍张照片，传到群里。

诊断结果当即下达：这是茶小绿叶蝉在祸害，可用"呋虫胺"。还推荐了一个品牌。

就另一张照片上的情况，诊断属于螨类。建议不要用某种药，之前用的就是这个，前一年发现不太见效果，正在找原因。于是推荐了另外一种。

"同心同德种好安吉白茶!"后边紧跟着三个"拳头"的微信表情符号。

在线交流、答疑不停歇,线下面对面的实地系统学习培训又摆上议事日程。

◆2019年4月16日—20日,邀请受捐地群众到黄杜村接受系统培训

邓春是2019年4月中旬到黄杜参加培训的。跟她一起来到黄杜的"学员",共有22人。

她来自普安县白沙乡卡塘村,以前对一些帮扶项目有点"后知后觉",错失了不少时机,这次听说浙江人要捐茶苗到家门口,提醒自己要"先知知觉",赶紧跑过来学习取经,把种白茶的知识和技术学好,加以消化、吸收,传授给家乡的种植户。

学习和培训是很注重环境营造的。黄杜人对培训的设计，追求的是"沉浸式体验"。

在黄杜，邓春观摩了一场安吉白茶炒制大赛。具体地点就在李粉英家的云羽茶场。

理条、杀青，参赛选手不停地用手拨动着茶机上跳动的茶叶，眼睛一边盯着不断变化的茶叶，不时调节机器上的控温、控速旋钮，觉得火候可以了，就"哐"的一声掀开炒机，将炒好的青叶倒在传送带上。

要的就是一个"眼疾手快""恰到好处"，甚至就是"出神入化"。

这是个新鲜事，邓春"大开眼界"，看得入迷。

她说："安吉白茶的炒制和当地土茶的炒制不一样。到时'白叶一号'在家乡产茶，也有加工的环节。这次来观摩学习很有必要。我已经拍了很多图片，带回去让大家看看，先感受感受。"

在宋昌美家门口，邓春见证了一笔交易，"就那么一点点茶叶，客商看中了，现付了上万块。昌美大姐还说这不是最好的价钱。茶叶原来这么值钱！我就想，要是到时候我们卡塘村的白茶也长好了，我们也富了"。

她的这份羡慕，不由得让人想起当年宋昌美在杭州中茶所学炒茶时的情景。

对茶叶的情感，对生活的期盼，就像一根无形的接力棒，在默默传递。

这次到黄杜，邓春见着了传说中的"茶老师"，也就是钱义荣。

钱义荣是溪龙乡农技员，一心琢磨茶叶。

他的电脑，是安吉白茶数据库。点开一个文件夹，里边躺着一排排文件夹。再点开一个，又是文件矩阵。

有word文件、图片、视频、excel表格、PPT（幻灯片）……

内容涉及茶园历程、茶园管理、茶叶加工、茶叶品种、茶活动、茶风景、企业、外出考察、病虫等。

盛阿伟说："现在不是钱义荣认识了溪龙乡的害虫，而是溪龙乡所有害虫都认识钱义荣，他是真正的害虫天敌！"

2019年10月，钱义荣被授予湖州市"人民满意的公务员"称号。理由很结实："潜心钻研技术，服务一方百姓。双脚丈量民情，普惠他乡群众。不畏千辛万苦，助力脱贫攻坚。"

不是老师这个职业，人称"茶老师"。没有博士学位，人称"钱博士""茶博士"。

邓春记得，"茶老师"一直在强调"细节"。到底哪些叶子是可以采的，哪些是不可以采的，关键是抓住细节，进行及时、准确的判断。

黄杜人很清楚,他们这样的"技术帮扶天团"能在三省五县"吃得开",除了自己确实有两下子之外,更关键的是身后有更为强大的技术团队。比如这位"茶老师",始终"在线"。

2019年4月,钱义荣通过贵州省沿河县中寨镇农业服务中心主任黄旭手机上的照片,看到中寨茶园土壤已经被雨水冲出了坑洞,当即判断这对茶苗的生长有严重影响,建议黄旭赶紧组织茶农将茶园松土,消除这些坑洞。

在沿河县志强村白茶基地,茶苗刚栽下,雪也飘下来了。他们赶紧通过微信,向"茶老师"请教。钱义荣给出的对策是用稻草、玉米秆覆盖茶苗,这样既不会压坏,又能保温。

始终"在线"接受咨询的,还有肖强。

打窝、植苗、填土、提苗、压实。在帮扶过程中,肖强专门总结出"十字口诀",便于茶农理解记忆。

肖强被评为"2018年度全国科技助力精准扶贫工作先进个人"。评选活动是由中国科协、农业农村部、国务院扶贫办联合组织的。他是茶叶界唯一受到表彰的。

盛阿伟开玩笑说:身边有肖强,比谁都要强。

2019年3月,他们俩一起来到普安。

从有捐苗这个事以来,至2020年3月,不足两年时间,盛阿伟到贵州、四川、湖南三地共计21次。其中有一回出门一周，坐了五趟飞机、四趟动车，感觉有点像商务人士。

有时早上睁眼，发现自己睡在宾馆的床上，懵懵懂懂之际，盛阿伟轻轻问自己一声：这是哪儿呢？青川？沿河？普安？

这一次，他们到普安看看茶苗长得怎么样，同时到现场看看茶园管护有哪些问题。

"一片、两片、三片、四片……五片！六片！七片！"

肖强蹲在白沙乡茶马古道旁边的茶地里，左手两个手指轻轻地扶着一株10多厘米高的茶苗，右手指着发出的新芽，一片一片地数着，声音越来越高。

"哈哈，太好了，你们看，这株苗已经发出了七片新芽！"

"有芽就有根。"盛阿伟围了过来，用手扒开湿润的泥土，轻轻一提，裹着泥巴的根离开了拥抱它的土地，"你们看，这些白色的根就是新长出来的，最长的差不多有1厘米了。"

"有芽就是真活，没发芽就是假活。"肖强说，这一片成活得不错，"想不到在喀斯特地貌的泥土里，能有这样高的成活率，不容易。"

盛阿伟把那株茶苗小心翼翼地重新栽入泥土里，转身往茶园深处走去，东瞧瞧，西看看。

过了好一会，盛阿伟回到茶马古道的青石板路上高声说："非常好，非常好，这一片的成活率肯定已经超过了95%。我今天太高兴了，比哪一次来都要开心！"

看罢白沙乡，走进地瓜镇，他们来到屯上村的"白叶一号"基地。

放眼一望，在茶园劳作的人三五成群，一派忙碌的景象。

看到盛阿伟和肖强来了，认识的、不认识的都围过来了。

"请大家让一让！"盛阿伟提起一把锄头，一边招呼围观的务工人员站到茶行两边，一边用锄头沿着茶垄做起了示范，锄头一起一落，一伸一收，茶行的杂草在被"斩草除根"的同时，茶行中的薄膜被掏离茶苗两边20来厘米，茶苗根部的泥土也一并被刮开了。

"一定要注意，冬天茶树根部起垄，泥土多一些是为了防冻和防止水分流失，但现在进入雨季一定要'清脚'。"盛阿伟说，"'清脚'就像人洗脚一样，把茶树根部隆起的泥土刮平，是为了避免雨季积水而烂根。"

盛阿伟示范完毕，肖强登场，"目前除草施肥都特别重要，否则杂草要与茶苗争水争肥争阳光，影响茶苗生长"。

关于施肥，肖强很自然地展开现场教学，"钾含量要高一点的，便于长根，但磷含量要低一点的，磷主要用于开花结果"。他说，磷含量高了，容易让茶苗早开花，影响茶苗的生长。具体的标准就是氮20%、磷5%、钾20%。如果按照这个标准来，"可以说，这个茶长不好都难"。

他又向大家示范如何施肥，"一亩茶园施肥10千克左右就可以了，直接撒在茶行，每株茶苗下四五颗就行了"。

送技术上门，请进来培训，线上即时答疑，黄杜人"三管齐下"，各个击破。

手把手地教，一点一点地抠，受捐地区的种植户慢慢就摸清门道了。

"要挖30厘米深的坑，茶苗入土4—5厘米，再倒肥料，最后上一层土……"白茶种植已经过了好长一段时间，青川县青坪村一组村民焦元会还记得种植茶苗的要领。他家里祖祖辈辈都是庄稼人，一开始听说要种茶叶，心里没底，不知道怎么动手。是浙江的专家给他"扫盲"了，"要感谢人家，跑这么远来做好事"。

这份真诚，是黄杜人坚持下来的一个重要动力。

盛志勇说，到每一个地方，大家都是"满口感谢"，自己很感动，身上有多大的劲就使多大的劲。

"被需要"的感觉，支撑着钟雪良坚持了下来，"他们非常认真，非常热情，总是在问问题，想学，说明人家对你是信任的，觉得很自豪，自己知道多少就说多少"。

几个来回，也养成了战友般的情谊。

"你还没法说，离开那几个地方久了，还挺想念他们的。"杨学其说。

跟随盛志勇、盛敏凡来到普安县地瓜镇屯上村"白叶一号"茶园基地，周边的不少标语，把这方水土的氛围一下子烘托出来了："弘扬中华美德，援手扶贫帮困。""先富帮后富，白茶来相助。"

来到茶苗跟前，一眼望去，茶苗高矮有别，但都是绿油油的，摸摸叶片有肉感，闻闻有清香，每一株都显精神，有着往上蹿的生命活力。

"这苗，一看就是时间上跟得牢，在管护上用心了。要给你一个大大的赞！"盛志勇拍了拍蒋成勇的肩膀。

这感觉，就像是眼见闺女在婆家生活还不错，心情大好。

蒋成勇是屯上村村委会主任。他们俩互称"勇哥"，已经是老朋友了。

"有人说，种茶是三分种、七分管，我看是一分种、九分管。管护到位，茶苗长势就好。"盛敏凡接过话头，蹲下身来，拔了拔一株茶苗边的青草。

"这茶苗要是种不好，别的不说，最起码也对不住你们两位老兄一趟一趟地跑。"蒋成勇说。

屯上人记得，茶苗是2018年10月22日种下的，运苗的卡车还是北京的牌照。

盛志勇胳膊上让小蜜蜂给蜇了一下，一团红。蒋成勇拿着矿泉水帮他冲一冲，不禁打趣："我们这里的小蜜蜂，是在欢迎你这个外地人。"

大家一阵笑。

正在松土的茶农，拾起茶苗边上的小石块，往外扔。盛敏凡有点喊了起来："石头不用扔，茶苗是要石头的。"

他说：茶苗根部的土壤容易板结，周边有了小石块，就可以透气了。陆羽的《茶经》就是在我们湖州写的，里边说好的茶叶都是在石头缝里长出来的。

后来查了一下，《茶经》上是这么说的："上者生烂石，中者生砾壤，下者生黄土。"

在"白叶一号"的"婆家"，黄杜人已经很自如了。

他们"背井离乡"，原本吃不惯、住不惯，待上十天八天的，甚至一个月，自然就习惯了。

他们跟三省五县"走亲戚"，大家坐在餐桌边，蹲在茶苗旁，聊茶的事，也聊心事。

黄杜人说：我们也穷过的。都说我们那边是"七山一水两分田",就那"两分田",我们不放过,不是种这个,就是种那个,都不行,再试试别的,停不下来。难道就这么穷下去?为什么!不认这个理!

这是在共情。把自己摆进去,把别人拉进来,大家一起。

黄杜人说:碰上这个茶叶,我们的劲头就用上了。

言下之意,要是没有一股干劲,这个白茶送到家门口也是白搭。

黄杜人说:你要说我们这些人不一样,其实也一样。我们本来就是农民,也不是天生就懂种茶叶,慢慢摸索,学着学着,就会了。种茶叶这事,也没有那么复杂,就是干农活嘛。我们现在种茶叶,也有很多烦心事,一个接一个,不是说就可以躺在床上睡大觉了,不是的。不过呢,我们也不怕,风风雨雨这么多年都过来了,遇到事就解决事。话又说回来,你要说我们这些人不一样,还真是有点不一样。我们就是从问题堆里闯过来的。现在我们就有一大堆问题。遇到问题就想办法,不怕事。办法总是有的,人总是要往前走的。

送了"白叶一号"茶苗,也送了"种茶经",黄杜人还要送信心。

黄杜人说:其实你们这些地方,种茶叶的历史很久了,现在的规模也这么大。为什么没有发展起来？很重要的一个原因就是没有品牌，基本上属于"散兵游勇"，没有什么阵势。大家辛辛苦苦种了点茶叶，卖不出去，或者是卖不到好价钱，自然没法致富。这方面，我们安吉有经验，有好的做法。你们想知道，我们慢慢聊。

这属于点穴式分析问题了。

黄杜人说：心里提着一口气，没有成不了的事。

其实，这些地方本来就有大把的山、大把的水，而且还是好山好水。好山好水，后边按说跟着的是"好人家""好日子"。

其实，要说穷，山不穷，水也不穷，关键是"心穷"。心穷，就是志短。

什么是志短？

就是"靠着墙根晒太阳，等着别人送小康"。就是政府修好了大棚，还等着种子送上门。就是"弱鸟"没想过要"飞"，更不要说"先飞"。就是干部挥汗如雨冲在前，群众嗑着瓜子看热闹，伴着嬉笑声一串串。

黄杜人说：我们可以过上好日子，你们也可以。

黄杜人捐苗护苗，黄杜人掏心掏肺。

人在茶清香，人走茶不凉，黄杜人和这些受捐地区的兄弟姐妹是"命运共同体"。

这些茶苗的"婆家人"心存敬意：这群浙江人，到底是一些什么人？

普安县地瓜镇屯上村党支部和白沙乡卡塘村党支部，分别给黄杜人送来鲜红的锦旗。

屯上村的是"一片叶子显真情，感恩奋进助脱贫"。

卡塘村的是"白沙白水白叶情，连情连义连党恩"。

2019年5月15日，在杭州国际博览中心举行的第三届中国国际茶叶博览会四川广元茶叶座谈会上，青川县沙州镇青坪村的受益茶农，给黄杜人送上一块匾额，里边镶嵌着一幅书法作品，十个大字："一片感恩叶，携手奔康路"。

下方落款写的是"时在二〇一九年五月青川县全体受益茶农敬赠"。

再下方，是他们的手写签名：焦成清、焦元强、宋明良、文开珍、宋明地、文开志、文玉军、齐树平、齐树明、焦万军、文自金、焦元英、王永明、王力、魏瑞、强锡海、焦志成、焦元军……

共计46位。

他们的字，有大有小，有正有歪，有的能看清楚，有的轻易认不出来。

每个名字上都有他们按下的红手印。

鲜艳的红，跃动的心。

四、"茶苗×"效应是一场"化学反应"

秀才人情纸半张，茶农心意苗一筐。

20名黄杜村党员当初的捐苗想法很简单、很纯粹，就是想做点事，做点好事，搭把手，帮个忙。

由20人开始，黄杜人基本上都行动起来了，有钱的出钱，有力的出力，有苗的出苗，远嫁他乡的"白茶姑娘"，一举一动他们都牵挂在心。

"德不孤，必有邻。"这样的纯粹是有号召力量的。更多的人汇聚到一起，成为编外的"黄杜人"。

黄杜人在前边做示范，其他安吉人紧跟上。2018年和2019年，安吉县上下开展了两次"我为扶贫出把力"捐款活动，累计捐款376万元，及时纳入精准扶贫专项基金，用于对口支持贫困地区扶贫产业项目、基础设施建设等。

溪龙人陈群在贵州遵义余庆县经营茶山。听说老家的兄弟姐妹要给普安县捐茶苗，自己岂能袖手旁观？

2014年他就在余庆县种植"白叶一号"了，已经带出了一支管护队伍，有的就是当地茶农。已经成为种茶熟手的这些茶农，去跟普安人说说种茶的事，都是本乡本土的，沟通起来是不是顺畅一些？

他主动跟盛阿伟联系，提出自己可以直接派出技术人员来支援。考虑到普安在家种茶的不少是妇女，陈群专门在余庆请了五位种茶女能手一同前往。

他们一行11人，驱车400多公里，加入帮扶队伍，用时一周有余，花销陈群个人承担。

中国农业科学院茶叶研究所与黄杜村结对共建支部已经十几年，彼此很默契了。他们跟着茶苗走，"白叶一号"种到哪里，配套技术支持送到哪里。

这个意思就是说，他们要陪着黄杜人"打全场"。

说了就要落实在行动上。2018年10月12日—14日，中茶所茶树资源与改良研究中心研究员王新超、白堃元，来到青川县开展"白叶一号"种植前的技术培训工作。他们克服山高路远的困难，深入青川县沙州、关庄和瓦砾三个乡镇，开展技术培训，从本次捐赠茶苗的由来和意义、"白叶一号"的品种特性、建园技术及苗期管理技术等几个方面进行讲解，力求通俗易懂，还专门发放了"白叶一号"种植技术卡片。

一个好汉三个帮。

黄杜人的善举，吸引了浙江省茶叶集团股份有限公司的目光。

浙茶集团前身是成立于1950年的浙江省茶叶公司，如今是集茶叶种植、加工、科研开发和国内外贸易于一体的国家重点龙头企业，连续保持茶叶出口量全国领先，绿茶出口世界前列，"是具备全球茶叶资源供应链整合、运营能力的茶叶全产业链品牌运营商"。

他们承诺，这些到外地落户的"白叶一号"，一旦产茶了，后边的事就交给浙茶集团了。由他们来负责后期加工、销售和品牌运营工作，茶苗捐到哪里，他们的茶叶加工、品牌推广和产品包销就跟进到哪里。

这是为了解决扶贫茶"有产品、无品牌"的问题，提升其可持续发展价值，确保受捐地区茶农的辛苦有着落，稳定受益、增收脱贫。

也就是说，原本黄杜人要耗神耗力的销售问题，他们出面"接管"了。或者说，这是一场"接力赛"，浙茶集团站出来，"打下半场"。

帮忙卖点茶叶，只是第一步。浙茶集团试图深度参与。

黄杜人捐苗，是基于自身育苗、有苗的优势。浙茶集团深度参与，也是基于自身在资金、技术、市场、管理等方面的优势。

他们在普安县投资建设贵州（普安）"白叶一号"茶产业园，成立浙茶集团贵州天香茶业科技有限公司，围绕内销茶，即名优茶和大宗茶，以及出口茶、深加工茶制品三大板块发力，等"白叶一号"产茶了，集中进行加工。

浙茶集团出手，就是大手笔。

"我们想，通过这样的就业扶贫、产业扶贫，就像星星之火，以点带面，培养当地老乡的市场意识、品牌意识，从而把当地的整个茶叶产业带动起来。"浙茶集团贵州天香茶业科技有限公司副总经理胡玉杰说。

扶贫，应有之义是富民。富民，重在产业牵引。

培育好了一个产业，就意味着可以甩开膀子，不用再"扶"了。

"在'白叶一号'茶苗捐赠行动中，浙茶集团对茶苗的加工、销售和品牌运营实行全程跟踪负责。产业园在2019年3月正式动工，规划生产大宗茶7500吨、名优茶110吨、速溶茶750吨，需使用干茶近1万吨，助农增收6700万元，将切实增强'造血'功能。"浙茶集团总经理吴骁说。

2020年3月，浙茶集团在普安投资的生产加工园区部分厂房投入使用，通过中外合资川崎茶机公司购置的一套全自动生产线完成调试，首批"白叶一号"扶贫茶就是在其中的名优茶车间加工完成的。

一声承诺，落地有声。

浙茶集团的参与是全方位的，顾了这头，看着那头。

2018年7月1日，浙茶集团党委与溪龙乡党委在黄杜村举行合作共建签约仪式，内容是"共同努力为茶苗捐赠活动提供种植、生产、销售等措施保障，扎扎实实做好精准扶贫、精准脱贫工作"。

第二年的8月，两家又走到一起，联合开展主题党日活动。这一次，浙茶集团还专门邀请中国银行浙江省分行营业中心党支部一起来。

目的很明显，就是探索以联合党建为纽带，如何实现"金融+产业+乡村"的有机融合。

黄杜村跟浙茶集团是"朋友"，由于捐苗，黄杜村又跟三省五县成了"朋友"，经由黄杜村"穿针引线"，三省五县和浙茶集团相识了，他们经过相处，也成了"朋友"。三者之间的关系，渐渐构成一个"等边三角形"。

受捐地区和浙茶集团不时有双向的互动。

2019年3月，普安县委领导来到浙茶集团特种茶中心，也就是余杭区径山茶产业博览园参观，对"六茶共舞"的理念，即"喝茶、饮（料）茶、吃茶、用茶、玩茶、事茶"，兴趣浓厚。也就是这个月，浙茶集团贵州（普安）"白叶一号"茶产业园开工建设。

"白叶一号"扶贫茶苗到了青川，浙茶集团跟了过来，双方有了合作。广元市看到了前景，想往前再走一步。

对于茶产业，广元市的思路是"提升绿茶、突破性发展黄茶、高品质发展红茶、区域性发展白茶"。而推动茶产业规模化、标准化、品牌化，浙江有招数，还管用。

当年6月，广元市农业农村局到浙茶集团参访，希望"借鉴浙茶集团在基地建设、品牌打造、工艺设备、市场营销等领域的先进经验，探索合作机会，为广元茶产业升级发展注入新动能"。

刚刚过了一个月，广元市政府领导也莅临浙茶集团，很明确地提出双方可以开展全方位、多形式的合作，"将浙江的优势茶产业'嫁接'到了千里之外的广元"。

当年11月，湖南省古丈县"白叶一号"项目指挥部登门，期待浙茶集团"继续关注支持茶苗后期培育管护工作"。

这些时刻，黄杜人都不在场，但黄杜人乐观其成。

欣慰的笑容，意满的心态，媒人的感觉。

黄杜人捐苗的行动，形成"冲击波"，在更多人的心上激起涟漪。

浙江保亿集团是一家民营企业，主要业务是地产开发，兼顾物业管理、贸易流通和产业投资。黄杜人的捐苗行动，令人钦佩，他们主动提出要参与东西部扶贫协作。

在浙江省驻四川工作组帮助下，保亿集团主动对接阿坝藏族羌族自治州汶川县雁门乡索桥村，要为这个深度贫困村的发展进程添一把火。

索桥村是羌族戏曲、医药、民歌的发源地，也是国家羌文化生态体验区。保亿集团投入2000万元帮扶资金，整治村庄环境，完善乡村内部巷道、太阳能路灯等基础设施，掀起"猪圈革命""污水革命""厕所革命""垃圾革命"，让村庄像个村庄。

除了"外在"的重塑，再就是"内在"的涵养。保亿集团计划建设乡村文化礼堂，挖掘羌族文化特色，丰富老百姓精神文化生活。

还有就是设法把产业培育起来，着手点是樱桃、脆李、百合等特色农产品，让索桥村获得自我发展能力。

"茶苗×"效应在持续拓展、延伸。

三省五县，黄杜人捐赠茶苗2200万株，种植面积6217亩，预计受益建档立卡贫困人口6301人。

"白叶一号"茶苗，让更多的人看到了一缕缕亮光，也成为这些地方的一张新名片。

2020年8月10日，我从北京大兴机场出发，飞抵贵阳龙洞堡机场，当地的同学杨德智听说我马上就要转乘高铁去黔西南州普安县，直接问了一句：你去那里是不是要采访那个茶苗？

高铁普安县站其实设在六盘水市的盘州境内，距离普安县城有40分钟左右的车程。好不容易遇上了一辆出租车。开车的是一位女士，白色花纹长手套把胳膊都裹住了，帽子和口罩都戴得严实，整个脸庞只露出一双有神的眼睛。在车上刚闲聊了几句，她朝坐在后座上的我看了一眼：你是到我们普安看"白叶一号"的吧？

刚进普安县城，在山脚，就着山体的水泥斜面，写有巨幅标语——"'白叶一号'走进古茶树之乡"。

"白叶一号"种下去了，茶园的后续如何管护？普安县摸索出一套规范，加以总结，就是"两建三看四要"。

"两建"。具体来说就是队伍和制度。

建好管理队伍，主要抓两头。一头是培养好平台公司专业化管理队伍。也就是说,"指挥官"要是一个内行。一头是培训好贫困户管护队伍,这就是说,具体在一线干活的,要知道哪些能干、哪些不能干,要是一个"熟练工"。

口说本无凭,制度来定型。这就要建好管理体系了,涵盖巡查、种耕除草、施肥、病虫害防治、鲜叶采摘等内容。

"三看"。看什么呢?

先看叶,看看叶片颜色是否正常,叶片上是否有虫子祸害过的痕迹,便于及时补充养分和开展病虫害防治。

再看草,看看杂草的生长情况,坚持"除早、除小、除了"原则,适时安排除草。

还有就是看苗,看看茶苗成活、缺失的情况,以便及时补植、补种。

"四要"。也就是四要点。

先说追肥,这个要及时,苗期追肥坚持少量多次、以速效肥为主,每年3月、5月、7月各施肥一次,每亩茶苗施肥10千克左右。

再是茶苗要"亮脚",茶苗栽植时为了避免水分流失,根部覆土比较厚,除草时可以减少茶苗周边的覆土,亮出茶苗的"泥门",也就是茶苗出圃时的土痕,这是为了避免土壤含水量过高导致茶苗根部腐烂。

还有就是揭膜，这个要讲科学，如果茶行的土壤湿度太大，可将地膜全部移除，减少土壤含水量。

至于清沟，关键是要适当，将茶行内侧土层清理到外侧，形成"内低外高"的格局，利于茶行的水肥保持。

在黄杜人"传帮带"的基础上，普安人有点"自主研发"的意思。

"白叶一号"落户普安，属于"扶贫茶"。如何让贫困人口得到切切实实的利益，普安就有自己的分配方案。

三方"做蛋糕"，也是三方"分蛋糕"。

具体来说，就是企业主导、合作社统筹、贫困户参与。

龙头企业的任务是负责茶园标准化建设、茶青保底收购、茶叶精深加工和茶产品开发销售。也就是"主外"。

合作社具体负责统筹将茶园覆盖区域的所有贫困户全员入社，组织有一定劳动能力的贫困户，有序参与茶园建设、茶园管护、茶叶采摘、茶叶加工、茶产品销售等环节，通过务工获取收益，统筹贫困户以土地流转和茶苗折股，量化入股，分红获取收益。

如果有些家庭的情况特别不好，怎么办？合作社还有一项工作，就是组织设置公益性岗位，评定最低保障标准，让无劳动能力和不能参与茶园建设的家庭也能有所收成。

目的是"实现茶园覆盖区域的所有贫困户共享发展成果"。

这是"兜底",把"公平"挺在前面。

"蛋糕"具体怎么分?贫困户和企业分别得六成和三成,剩下的一成,合作社占一半,另一半作为土地流转费用。

整个分配模式,简称为"6355"。只不过"6""3"分别代表60%、30%,5则代表5%。

茶苗种下去,生长有周期,按说一时分不了"蛋糕",事实是这"蛋糕"时不时分上了。

"每月管护茶园有3000元的固定工资,在基地务工每天还有劳务费,这在以前都不敢想。"普安县地瓜镇屯上村村民刘建琼说。此时,"白叶一号"落户这里也就17个月左右。

没有建这个茶园之前,刘建琼一家五口的生活全靠丈夫打零工维持,自己也曾经想过外出务工,但想起孩子还年幼,婆婆身体又不好,只能打消念头。日子又实在过不下去了,一下雨,家里就漏雨,都要搬出锅碗瓢盆来接着。她还是咬牙,跟着家里的男人到福建打工。刚到福建,两人脚跟还没站稳,接到电话,婆婆病倒了,他们又急忙赶回家,"不仅没挣到钱,还搭进去不少车费"。

房子还是要修,手头紧张,就借钱。辛苦下来,房子总算有了个样子。还没来得及喘口气,婆婆去世了,自己的父亲又相继去世了,日子一下子全乱套了。一笔笔债务都朝着刘建琼两口子压了过来。

这个时候,"白叶一号"千里迢迢而来。镇上动员大家参与土地流转、茶叶种植和管护等工作。

虽然自家没有可以流转的土地,但可以到基地务工,刘建琼一大早就扛着锄头上了山。

忙碌一天,100元务工费现结。家门口也能领工资了!刘建琼的日子有了新的气象,她的家庭也有了新的期待。

有了收入,谭化爱的第一个想法是折腾一下房子。

谭化爱的家在屯上村磨寨河组。见着她时,两口子牵着一头黄牛,刚赶集回来。

小黄牛十个月大,已经很健壮了。这里买卖黄牛,要么一口价,直接成交,要么过秤,按斤两计。这次价钱谈不好,就回家了。

丈夫刘礼付腿有残疾,行动不便。以前家里就零星养点牛羊,种点玉米、水稻,一年忙碌下来,日子紧巴巴的。

他们所住的房子,挨着牛圈,养着鸭子。房间里的土豆都已经开始腐烂了。厨房墙壁上的报纸,已经给熏得黑乎乎一片。

两口子都是1974年生人。生活重担压下来，让他们的样子有着超出年龄的沉重。

眼下，两个儿子都二十多岁了，到了娶媳妇的年纪。这是大事，结婚的房子怎么着也要像模像样吧。可是家里的房子还是十几年前建造的，没有钱检修，更别说装修了。

茶苗来了，转机来了。

他们家的7亩荒山，被茶园征用，每亩每年有200元的流转费。

后来开荒种茶，谭化爱跟着上工，还被聘请为管护人员。家里的日子有了新的起色：每个月看护收入是2100多元，今年涨到3000元。刘礼付在茶园力所能及打点零工，一天是100元。

"也是领工资的人了，哈哈哈！"谭化爱没想到有这样的日子。她当天去赶集，是专门请假了的。

这个一看就是厚道的农家女子，说有了收入，自己的胆子就大起来了。

他们在原来的平房上边再起了一层。房子的二层，五室一厅一厨一卫，粉刷一新，铺上了瓷砖，地面光滑无痕，就连窗户也有了清晰的投影。

刘礼付算了一下,盖这个二层,花费了十二三万元,其中白茶基地上的收入有七八万元。

"我们家很明显。下边一层乱糟糟的,是茶苗来之前的。上边一层又亮又大,是茶苗来了之后的。"他说。

普安县有个风俗,贴春联,房前屋后,大门、小门、窗户都要贴,尺寸大小依次递减。谭化爱说,前几年,老刘贴对联时有点意见,毕竟这也是一笔开销。今年春节,这人买对联、贴对联都积极多了。

"喜迎新春福门开,欢度佳节好运来。"这是其中的一副对联。

刘礼付还重新养起画眉来。他把乳酸菌饮品的塑料小瓶挖个洞,用铁丝拴在鸟笼里,作为饮水池。

他吹起口哨,画眉听闻指令,马上开启鸣叫模式,清脆的声音,带着节奏与韵律。老刘听了,笑得像花一样。

此时,他身上的沉重卸下不少。

茶园里的活,两口子继续干着,收入是可见的,而且越拿越多,已经在想添置几件家具。

"现在,茶叶是最重要的事情。其他的事情能做就做,要是撞上了就不做。"谭化爱的"天平"有点倾斜了。

这是因为"白叶一号"的重量太足了。

普安县设有茶叶发展中心，简称"茶办"。这个机构在乡镇上都派驻了技术人员。罗富、罗其林两位，就派驻在地瓜镇。

2020年8月11日，与他们相见时，两个小伙子正在屯上村的茶叶基地随机选定一些茶树，进行测量和观察，具体内容包括新梢长度、棚面高度、棚面直径、叶面健康程度、病虫害危害程度等信息，一一记录在案。

既然是随机选定，就要有个记号。原来他们用的是塑料小环，轻轻套在茶苗上。风吹日晒，塑料小环扛不住。这次换了包塑铁丝，可是有点偏绿色，套在茶苗上不太好找。罗富有点自责："怎么没想到换个别的颜色？红色就挺好的。"

他们俩在忙乎。旁边树上，有蝉在叫，声音锋利、绵长，嘎嘣脆，有点不管不顾的莽撞，似乎准备好了要冲出去，试图撞破一点什么。

盛敏凡笑着说，这里空气好，蝉的"肺活量"大，叫起来比别的地方要响。

路旁立着一个牌子，上边有两行字："感恩白茶请勿采，来年致富新穿戴。"

在白沙乡卡塘村的种植基地，茶园中间有块牌子，绿色的底，白色的字——"小康，伴苗而生"。

卡塘村黄河组刘桥良的家，就在这个茶园附近。

"一看房，二看粮，三看劳动力强不强，四看家中有没有读书郎。"刘桥良家有两个读书郎。一个10岁，一个9岁，分别取名刘兵兵、刘将，"有兵有将的意思"。兄弟俩都在白沙小学寄宿，周五下午接回家，周日下午送回。

妻子有智力障碍，时不时还要离家出走，刘桥良只能随身陪着。一家四口人的开销，都落在他一个人的身上，日子怎么也过不好。家里的床、衣柜、桌子、米缸，这"四件套"都是定点帮扶普安县的公安部配备的。

"白叶一号"来到家附近，刘桥良进入茶园务工，月收入2100元，按时打到银行卡上。他专门办理了手机短信提醒业务，月底等着短信提示工资到账。

他几乎每天都要到茶园转一转，带着手机，选几株茶苗拍特写，通过微信传给村里、乡上、县里的人。

任祥是县茶办派驻白沙乡的技术员，每天都能收到刘桥良传来的茶苗照片，他说这个"情报员"很称职。

50岁刚出头的刘桥良希望两个孩子有出息。刘兵兵四年级期末考试，语文77.5分，数学61分，英语83分，他不太满意，特别是数学，怎么只考了个及格分？

不过，这孩子写字还算认真。刘桥良找来大儿子的作文本，字写得清楚、整洁，还有一点美感。

这篇作文是要写"我敬佩的一个人"，里边有这样的句子："白衣天使很伟大，是英雄，是白衣天使在前线守护着我们，让我们健健康康地成长。"

这孩子明白，人的健康成长，是因为有可爱的人在用心守护。他也应该明白，他家附近茶园里的茶苗，也在健康成长，也是因为有爱心的滋润。

雨中望去，一簇簇小茶苗，正在痛饮雨露，清新可人，踩着欢快的节拍，暗暗生长。

"白叶一号"在这里受到特别的礼遇。

陪伴这些茶苗的，是茶马古道，全国文物保护单位。马蹄印里有积水，用手拂去，凹部光滑，有质感。如果说这片大地是一张脸庞，那么这些马蹄印就是小酒窝，有着天然的美。

旁边立着的一块告示牌上说，对口帮扶普安县的宁波市镇海区，在卡塘村这个"点上"投入东西部协作对口帮扶资金125万元，用于这500亩"白叶一号"茶园的管护，预计后期产生效益之时将覆盖贫困户171户557人。

公安部捐赠5台多旋翼无人机，用于对"白叶一号"茶园开展绿色防控，并计划再投入一笔帮扶资金，支持当地贫困户投身茶产业。

"茶苗好，政策好，人好。"刘桥良一边抹着手臂上的雨水，一边说着"感谢"，眼神里满是诚意。

一株茶苗短，千里情意长。

在普安，展望未来时，盛敏凡的眼神里放光："这个'点上'要是一直能保持这个态势，再过个几年进入丰产期，到那时候，就像宋丹丹在小品里说的，'那场面'……"

为了实现令人欢欣鼓舞的"那场面"，普安人想要把"白叶一号"的价值做足了、用足了。

黄杜捐赠的茶苗，分配到普安这个"点上"，大概是2000亩。在这个基础上，普安人自己再追加种植"白叶一号"上万亩。意图很明显，就是要扩大"白叶一号"的影响半径。

茶苗就像是一根"引线"，牵引出更多的可能性，因为"种下的不应该只是茶苗，收获的也不应该只是茶叶"。

蒋成勇说，"白叶一号"到来之前，茶园周围是一片荒山，草比人高，都是"毛路"。现在"白叶一号"来了，山顶上又有风力发电塔，每年4月份，边上有满山的野生大叶杜鹃，"我跟你说，那个景，美得很"。

盛敏凡从手机里翻出自己拍摄过的大叶杜鹃。这花，确实开得痛痛快快，大手大脚，不管是颜色还是造型，都很有排场。

"白叶一号"是茶苗，又不只是茶苗。

白沙乡的卡塘人想，村子挨着茶马古道，现在又来了一个"白叶一号"。

◆盛敏凡拍摄的普安县地瓜镇屯上村"白叶一号"基地附近的野生大叶杜鹃

把新的东西和旧的东西"捆绑"在一起，既有自然风光，又有人文风光，是不是能引起大家来看一看的兴趣？

他们想走"茶旅融合"的路子，吸引更多的人到这里赏花海、访古道、游茶园……

"以茶促旅、以旅促茶"，古丈县也有自己的考虑。

"白叶一号"千里迢迢，远嫁而来，不能亏待了。古丈县专门成立"白叶一号"项目指挥部，整合资金1500万元，在默戎镇翁草村兴建"白叶一号"种植基地。作为配套，路也修好了，长达4.5公里，还修建了高位储水池。干旱季节，缺水、少水最伤苗。有了高位储水池，铺设好管道，滴灌技术就可以派上用场了，基本上再也不用担心茶苗的"饮水"问题了。

这茶苗，是来帮助生活有困难家庭的。跟普安大致相同，古丈也采取土地流转、茶苗折股、生产务工等方式，构建"农户+基地+合作社"的利益联结机制。在古丈，每亩白茶都对应着一个未脱贫的人口。这就是说，"白叶一号"种好了一亩，一个特定人的生活就改善了一大步。

"白叶一号"的担子不轻。

"种这个茶，很好的，年年都有收入了，是个好东西。"翁草村村民石桂花说。

这茶苗，被寄予厚望，价值时不时就给加粗、加宽、加厚了。

湖南卫视有一档节目，叫《向往的生活》，循着"白叶一号"的足迹，进驻翁草村拍摄。一经播出，翁草村给笼罩上了"网红打卡地"的光环。

"古尺丈山水，默戎藏风光。炊烟鳞次起，翁草饭食香。"翁草，这个被住建部列入中国传统村落名录的纯苗山村，吸引着更多的人投来目光。

有人来，就有了人气。有了人气，村子就有了生气。

以前，这个苗家寨子，山是山，风是风，水是水，平平常常。现在，山、水、林、风、溪、田和苗族文化等各种资源，被整合在一起，开始"组团"，一起"发威"。

翁草人心里清楚，"白叶一号"在其中的功能是催化剂。

"'白叶一号'就是一只'金鸡'，你把它抱回来，种下去就会下'金蛋'。"翁草村第一书记欧三任说。

翁草人要乘胜追击。

2019年5月24日，翁草村首届"建设与发展委员会"在村小学操场开展选举，年轻人精心准备，公开演讲，表达他们的发展激情和自愿为村庄做出奉献的愿望。

5位当选的委员年龄都在35岁以下，高中以上学历，有2位还是中专学历。

石泽辉是其中一员，负责环境整治、民宿建设、旅游推广和接待。

他原本在广东务工，从事数控工作。看到家乡每天都在变，他就留了下来。游客多的时候，每天只能睡几个小时，经常感到累，但心情舒畅，"不断接触到很多人，推介我们村，也是打磨自己的一个过程。我已经喜欢上了这个行业，每天过得很充实，觉得在村里做事，很开心，让村民能更富裕，很有意义，很满足"。

石泽辉的工作积极性高，接受能力和执行力都不错，经过几次考察和教育，党组织抓住机会，将他吸纳为入党积极分子，作为组织发展和后备干部培养的重点对象。

他家里进行民宿改造，自己没顾得上，都交给了父母，"他们也很支持，只有整个村庄好了，自家民宿经营才能风生水起"。

翁草村的民宿由村集体统一管理，游客结账了，村上在3个工作日内把分成付给村民。现结现付，是希望通过一次次的及时分成刺激，让村民看到实实在在的好处，舍得投入，心里有底。

村民龙忠发家的木制楼房二楼，各个房间的墙壁都换上了新木板，房檐也修葺一新。他说，因为新冠肺炎疫情，2020年他暂时没有出门务工，就配合村里修缮自家房子，让游客住得更舒心。

他家的情况原本不太好。两个孩子一个读高中，一个读大专，一年的花费不少。孩子的学习不能耽搁，两口子只能外出务工，不敢停歇，家里的房子也就春节回来住一下，平时都空着。

"白叶一号"的到来，让他的家庭有了新的气象。2018年，村里给龙忠发打电话，要租用他家的房子，开民宿。龙忠发感觉不错，就和村里签了三年合同，随即村里出钱将他家重新装修了。

2019年5月，龙忠发的房屋作为村里的民宿点之一开始营业，仅一个暑假就给他带来2万元左右的收入，占到他家全年收入的三分之一，"这真是坐在家里收钱，特别好"。

龙忠发的妻子洪丁凤当年10月就回到了村里，在"白叶一号"茶园务工，一个月能赚到2000多元。"家门口就能赚钱，就不往外面跑了。"洪丁凤说，以后游客越来越多，自家民宿肯定越来越好，读导游专业的大女儿也有回家发展民宿的想法。

目前翁草村已经建有4家农家乐、10栋民宿。2019年暑期，翁草村接待游客达到4000余人次，村民种植的蔬菜、养殖的鸡鸭、制作的腊肉都成了热销品。2020年的五一，新冠肺炎疫情没松劲，村里的民宿还是挂出了"客满"的告示。

水、电、路，翁草村在改善。翁草人，心态也在改变。

"白叶一号"的生长规律是三年可以采摘、五年实现丰产。翁草村正在摩拳擦掌。翁草河流域的水系治理、村里的污水处理、"白叶一号"基地景观提升工程等项目，都在推进。

"白叶一号"丰产之时，想必翁草人准备好了。

沿河县也在借着"白叶一号"落户的这个"势"，往前跑，向上走。

在沿河，捐赠的茶苗主要种植在中寨镇大宅村、志强村和三会溪村。地理海拔比较高、贫困人口比较多、贫困面比较大，是共同的基本村情。

三个村都没有主导产业，村民多数外出务工，留在村里的以种植水稻、玉米、红薯等传统农作物为主，靠"锄挖手抠"的耕作方式维持生计。

毗邻交错的这三个村，共有1400余户5300多人，其中贫困户300余户上千人，是沿河的一类贫困村。以前公路不通时，村民到镇上赶集，需要徒步3个多小时。

听说远远的浙江有人要送茶苗过来给大家免费种，还承诺包种、包销，一帮到底，中寨人感觉浑身暖和。

其实，中寨人身边是有大好人的。土家族军嫂田秀珍，自己摸索在中寨镇锯齿山上养羊，用木头和塑料薄膜临时搭建一个住的地方，一个女人就这么着吃住在山上，在石旮旯缝里种牧草、建圈舍、修便道。为了方便照看山羊，她还经常和羊"住"在一起，人称"羊妈妈"。

养羊有出息了，她没有忘了乡亲，创立永珍牧业农民专业合作社，动员村民以土地入股的方式加入合作社，跟着她一起养羊。这个带动力是很强的，几年下来，周边上百个贫困家庭都明显受益。

田秀珍也当选为贵州省人大代表,被授予"全国民族团结进步模范个人"称号,第一次进京就受邀参加了庆祝新中国成立70周年大会观礼。

田秀珍这位"羊妈妈",是脱贫致富的"领头羊",属于本乡本土的能人,跟大家多少有点沾亲带故。现在,远在浙江的黄杜人,要把素昧平生的中寨人的事,看成是自己的事,大家觉得这是大事。

于是,沿河县提出要把"白叶一号"的种植和管护作为一场"攻坚仗"来打。

既然是"攻坚仗","粮草"的配备很重要。

铜仁市下拨专项配套经费110万元,沿河县的配套经费是450万元。这550万元财政专项扶贫资金,以三个村集体入股,再号召农户入股39万元,齐心协力做大做强集体经济。

将茶苗折资量化到建档立卡贫困户,入股专业合作社,每户贫困户受捐茶苗1076株,折资3013元持股。

农户每亩撂荒地入股,折股3000元,每亩熟土折股翻一倍。

这场"攻坚仗",让受益的人有了新的希望。

"茶山从整地一开始,我就在这里打工。我已经六十多岁了,外出打工厂里嫌我年纪大了,不录用。在这里,每天做事有工资，一个月还能挣2000多块。"大宅村村民杨春香说。

受捐茶苗入股有分红，土地流转发放租金，管护茶园有工资，这一切都来得有点太快，同村的杨花一开始还有些不适应，"家门口就可以打工，不用去外地，放下锄头就能拿钱，还有这样的事？"

当听说浙江人要给村里捐茶苗时，大宅村的田洪军也在想"竟然还有这样的事"。待消息确定下来，他紧赶慢赶，回到了村里。

田洪军原本在外地承包了一家规模不大不小的皮鞋厂，一年下来，收入二三十万元。得知"白叶一号"到村里来了，他感觉是个机遇，就把皮鞋厂转让了，挥别20多年的外地务工生涯，组织跟他一起在外打拼的20多位同村老乡，赶回老家种植茶苗。

他入股大宅村茶叶专业合作社，并担任法人。在"白叶一号"项目基础上，他又增加了500亩"中黄3号"茶园，由村上的建档立卡贫困户自己管护，合作社负责技术指导和茶青收购。

"就是想大干一回，让我们这个村也尝尝富起来的滋味。"田洪军说。

历时22天，中寨镇顺利完成360万株茶苗1200亩茶园的移栽任务。

中寨人说，在当初受捐的"三省四县"中，中寨是最先完成整地、最先开始栽苗、最先完成移栽任务的。

他们对"白叶一号"心怀期待。

"白叶一号"千里迢迢而来，中寨人想把这茶苗的价值再深入挖掘一下。

中寨镇调整产业重心，畜牧养殖业缓一缓，生态茶产业抓紧点，喊出"云中仙寨·万亩茶乡"这么一句响亮的口号。

在捐赠的"白叶一号"茶苗基础上，中寨人信心上来了，自行追加三四千亩，形成阵势，声势大涨。

2019年年初，中寨镇引进江苏客商成立专门的公司，到金山村、清河村连片种植3000亩"黄金叶"茶。

"白叶一号"让中寨人放手一搏，一心写起"茶文章"。

这几个受捐地区，原来相互之间基本上不搭界，如今因为"白叶一号"，他们也成了"亲戚"，有了联系，一起走到聚光灯下。

"白叶一号"各自从黄杜奔向这些地方，就像同胞姐妹同时出嫁，自身条件大致相当，夫家的情况也基本差不多，但过了几年，这几家的生活水准就有个长短。"白叶一号"种植下去，怎么管护、是否用心，直接影响到眼前的存活率和今后的收成。这几个受捐地区多少有点暗暗较劲，都想对"白叶一号"好一点，希望"白叶一号"发挥的作用大一点。

青川县就期待风尘仆仆的"白叶一号"价值成倍递增。

青川人对浙江人一直心怀感恩。2008年汶川大地震，青川也是重灾区，浙江省对口支援这里。当时浙江共89个县级行政区划单位，青川人说自己就是浙江的第90个县。在青川，留下不少"浙江印记"。

这次浙江的"白叶一号"又要来了，感情又深了一层。

在青川，黄杜人两批次捐赠的540万株白茶苗，主要落户在关庄镇固井村、沙州镇青坪村和乔庄镇柳河村。

沙州镇青坪村的焦元恩，六十多岁的人了，没想到日子拐了一个弯。他说，过去家里的土地只能种土豆和玉米，挣不到什么钱。自从流转了家里13亩多土地种白茶，每年有4000多元的租金收入。在茶园务工，一天还可以挣80元钱，2019年他就挣了8000多元。

老人家把这么个情况跟在外打工的孙子说了，孩子动心了，考虑回到村里来帮忙。

年轻的劳动力自觉返乡、回流，村子也就越来越有朝气。

"下种那天，全村210多个劳动力都来了，大家一心想把茶种好。茶苗送来的那天，大家专门去迎接。装着白茶苗的车子刚停稳，乡亲们都上来了，卸货、栽种、抢时间。"关庄镇固井村党支部书记张青勇说。

青川探索建立健全"五金"利益联结增收机制，让贫困户流转土地收租金、就地务工挣薪金、茶苗折资得股金、委托经营拿酬金、集体收益分现金，共享项目红利。

尽管听张青勇讲了很多回有这么个"五金"，同村年近古稀的李自英不太关心是"三斤"还是"五斤"，反正2019年她挣了1万多元，"出去是找不到工作的，自从种了茶，我就可以在家门口务工，除草、施肥这些我都能干"。

好日子还在后头。

张青勇心里清楚，要过好日子，就要下苦功夫。

其实，"白叶一号"落户青川，并不是一帆风顺。

在茶苗栽植时，为了解决土壤保水能力差的问题，需要远距离取水，最近的水源地也有3公里远。

大雨烂根的问题有点不好解决。那就闷头想法子，最终为白茶苗铺上一层黑色的地膜，就像穿上了雨靴。为了在急冻天气做好保暖，又为白茶"盖"上了白色小棚，形如雨伞。

这算是"可控"的，还有"不可控"的。

2019年6月3日，极端天气不期而至，固井村30多亩茶树被冰雹砸得片叶不留。村里只好向黄杜申请再次补苗。

"有空就每天走一遍"，这是张青勇给自己定下的规矩。村里300多亩"白叶一号"种在4个区块。他之前是骑着小摩托车来回跑，现在换了一辆大红的三轮小货车。两轮换三轮，是为了运送农用物资方便一点。

搏一搏，单车变摩托。踩一踩，摩托变小货。

张青勇全程参与了"白叶一号"在青川选址到种植管理的全过程。他把"白叶一号"种好种出效益，视为自己肩上的责任。

他将自家20多头牛的养殖和20亩地的种植放弃了。"本来这些一年也能带来5万元左右的收入。"张青勇说，自从种上了"白叶一号"，就没有精力去经营这些，于是把土地流转给村集体种植茶叶，牛也转让给了村集体。

茶树长起来，思路活起来。为了推动种养循环，壮大村集体经济，固井村在茶园旁建起了恒盛生态繁殖场和桦子岭肉牛养殖场，分别存栏能繁母猪240头、肉牛200头。桦子岭肉牛养殖场属于村集体，2019年固井村157名村民每人获得分红200元。

在养殖场，肉牛将秸秆转化为有机肥，有机肥又可以施加到茶园中。张青勇说，这既节约了肥料成本，又改善了土壤结构。

他就住在茶山上了。2018年，"白叶一号"登门以来，张青勇只回家住了几个晚上，2019年住了20多个晚上。2020年过了大年初四，他又上山了。

下了功夫，用了心思，心中有谱，说起茶园的管护，张青勇已经有了"专家"的架势。经过一两年的管护，他慢慢摸准了"白叶一号"的脾气，"这个茶苗，怕湿，怕水泡，特别干旱也怕，太阳暴晒也怕"。看着一株茶苗，长得精神，有模有样，他说感觉很舒服，"你看看，是不是跟人充满了活力一样"。

"白叶一号"落户这些地方，改变了一些人，促成了一些事。

2020年，新冠肺炎疫情，挡住了不少人外出务工的脚步。青川县抓好疫情防控，也抓好茶园管护，不少滞留在家的本地劳动力进入茶园务工，实现就近、就地就业。

黄杜人用心用情捐苗，青川人有样学样，尽心尽力做事。"白叶一号"项目涉及的527名党员群众，自发捐款4.8万余元，用于疫情防控。

青川所在的广元市早就借势发力，期待广元人在思想境界上往前跨一步。

2019年10月17日，国家扶贫日，四川省广元市举行专门活动，以"不忘党的恩·先富帮后富"为主题，倡导"续写'一片叶子富一方百姓'新故事——我为扶贫产业做贡献"网络扶贫。

黄杜人徐正斌专程而来，跟张青勇一起走上舞台，参与情景剧《一片叶子的故事》。

活动向全社会发出倡议，希望大家伸出带贫帮贫之手、援贫助贫之手、解困助学之手、扶智扶志之手，续写好"一片叶子富一方百姓"新故事。

这新故事，已经有了一些演绎与讲述。

"太阳出来亮铮铮，谢谢浙江黄杜村。千里送苗来到此，浙贵人民心连心。"普安县地瓜镇屯上村的罗少伍，年届七旬的老党员，看到"白叶一号"茶苗来到家门口，不禁吟唱起来，以朴实的句子表达心情。

他家的20多亩荒山，经过土地流转，要种茶，每年的流转费是4000多元。他说做梦都没有想到，以前一文不值的茅草坡，还有"唧个值钱"的一天。

这首自创的小曲儿，他后来还改了几个版本。

"太阳出来亮晶晶，感谢浙江黄杜村。送来白茶山上种，各方恩情记一生。"

"'白叶一号'亲又亲，谢谢浙江黄杜村。万亩荒山变茶海，浙贵人民心连心。"

具体的词句字眼有变，心意心情不变。

"白茶杜鹃相映衬，地瓜山上春满园。待到白茶丰收日，便是百姓致富时。"跟罗少伍同村的孔令金，抓住了一个很有意思的"点"：送茶苗就是送"春天"。

他是70后，家住屯上村磨寨河村，曾经带着27户贫困户发展养殖业。听说"白叶一号"要来了，开荒、整地，他都是积极分子，还把自家的30亩地让出来种茶。

"好山好水好风光，各方亲人来帮忙。只要白茶生了根，儿孙代代永不忘。"这茶苗，栽下去，就是一段佳话。

对黄杜人的谢意一直诉说着："浙江亲人恩情深，白茶来自黄杜村。先富不忘后富苦，脱贫路上心连心。"

还有这样的句子，对未来的日子充满了向往："白茶苗苗生了根，脱贫美梦要成真。荒山正把金山变，致富不忘党的恩。"

盛阿伟和普安县屯上村党支部书记李贺成共栽一株茶，也有小曲儿来记录："你一镐来我一锄，我扶苗来你盖土。浙黔支书种茶树，普安人民要致富。"

茶苗来了，有人心里高兴。

茶树产茶了，高兴加倍。

2020年3月，远嫁外地的"白叶一号"开采了。心中的喜悦要放在歌声里："山上嘛山下走哟，我们把茶采哟。翠绿芽儿长哟，姐姐们笑开怀咯。"

采茶的消息在微信公众号上发布，引发点赞声一阵阵。微友"陈千夕"留言："白叶如轻舟，转辗几度秋。夏阳冬雪后，仲春迎茶收。"

乐于说两句的，还有不少。

"小吴同志"的留言是："茶浓于水扶贫叶，情深似海共富景。香如芳兰笑如花，茶甜两地更传情。"尽管不是很通顺，但想要表达的心意和心情还是可以轻易捕捉到的。

古丈县位于湘西，是苗乡，唱歌是个日常活儿。

就黄杜人捐苗这事，古丈推出了一首歌——《你是最美最亲的人》，词曲作者是吉首大学师范学院声乐教师石泽翰，女声独唱杨慧霞来自湖南省民族歌舞团。

"安吉白茶苗哎，芽儿白，叶儿青，千里万里，路迢迢，高高苗岭来扎根。带着亲人的牵挂，扎下脱贫的根……"几句歌词，把"白茶一号"的特色点了出来，又把捐苗这事顺了一遍。

"阳光照耀，雨露滋润"，茶苗茁壮成长。歌曲转向第二人称抒怀："你抽枝、长叶迎春风，一枝一叶总关情，你绿了这里的山野，温暖了苗家人的心……"

接着，就说到黄杜人了，"你"由茶苗过渡到黄杜人："携手苗家的人哎，你最美你最亲，洒下滴滴汗水，捧出颗颗丹心，帮扶咱们的众乡亲，一起来耕耘。"

"白叶一号"在受捐地区产出的茶，被命名为"携茶"。这首歌开始诉说这茶苗、这茶叶带来的新气象："白茶携茶变名茶，苗家黄土变黄金。白茶携茶最香最醇，古老的山寨变了样，吃水不忘挖井人……"

黄杜故事，在异地他乡，在网络世界，以这般接地气的方式给激活了。

"爱出者爱返。"作为"黄杜故事"的主角，黄杜人也是受益者。

盛阿伟说，以前整治村庄环境，改厕、改路、改水、改房、改线，包括大力推行垃圾分类，当然是为了让大家过上好日子，整整齐齐、干干净净，另外对茶产业也有好处，让外人觉得茶叶的品质和茶叶的生长环境是相符的。"现在，捐苗这个事一出来，有人跟我说，黄杜这个地方的人好，喜欢做好事，这个地方产的茶肯定也好。这是我没有想到的。"

"安吉白茶，好茶好风气。"这个说法也已经有了。

也就是说，茶叶的品质和种茶人的素质对等起来了。

人有人品，茶有茶品。人品即茶品，茶品即人品。

捐苗行动赋予黄杜的安吉白茶以新的亮色。

成语说"爱屋及乌"，其实"爱乌"也"及屋"。

赠人玫瑰，手有余香。

送人茶苗，心自芬芳。

五、这波操作，很安吉，很浙江，很中国

2020年，时间刚刚启幕，新型冠状病毒就像一个黑色的影子，拖着长长的尾巴，笼罩着整个世界。

抗疫防疫就是一场"战争"，是人民战争、总体战、阻击战，每个人都有责任。

疫情形势最为严峻的时刻，黄杜在村口设卡，拉起横幅——"疫情防控不需要你赴汤蹈火，只需要你有公民担当——待在家、不串门、戴口罩"，谢绝外边的人进村探亲访友，劝导村

民无重要大事、急事尽量不出门，不探亲、不聚会、不聚餐。卡点上有人日夜值守。

2月5日轮到叶兢君，"啥也做不了，守村口值夜班还是可以的"。6日凌晨1时12分，他发了一条朋友圈："我们以后一定要发了疯地努力，还有很多太阳照不到的地方等着我们去发光发亮！"

年轻的叶兢君，有着一颗励志的心。

2月9日，他又跑来值夜班了，并再次表达自己的感受："只有在深夜四下无人的时候，敢摘下口罩……疫情笼罩，环环相扣。每个人的日常生活都按下暂停键，等待重启。理解了一个词语，'环环相扣'。大家都是在一起的。"

黄杜人铁心要捐苗，动因就是这句"大家都是在一起的"所要传达的意思。

摆脱贫困，也是一场"战争"，正所谓"脱贫攻坚战"，每个人都不应该是清谈客、旁观者。

那段时间，黄杜人身处两个"战场"。

他们在严格防控疫情、为自家的茶叶能否顺利采摘大伤脑筋之外，还有远隔千里的牵挂。

2020年3月初，捐赠到三省五县的茶苗迎来第一个茶季。想想这事，盛阿伟就有点兴奋。远嫁出门的茶苗，初次产新茶，是大喜事。作为"娘家人"，自然要到现场见证这个神圣时刻。

再说了，安吉白茶是很娇嫩的，采摘讲究，采不好，好茶也好不了。加工也是个技术活，要抢时间，假如把时机给耽误了，"茶将不茶"。

"你已经捐苗给人家了，之前花了那么大的精力，现在茶叶可以采摘了你不去，茶叶要加工了你不去，人家有不懂的地方，怎么办？再忙也要去，再有困难也要克服，这份责任必须担起来！"盛阿伟是个有态度的人。

还是不到现场不放心。

气候条件、地理环境不同，"白叶一号"安家的几个地方，茶叶采摘的时间也有所不同。由于光照和温度适宜，普安县的采摘时间最靠前。盛阿伟就想到普安采茶现场去看看。

当时疫情防控正处于吃紧的关键阶段，出行是个大问题。坐飞机、坐高铁？有点不踏实。思来想去，决定租车到普安。

这一趟，路迢迢，单程2000公里，热水瓶、方便面随身带，一辆车请了俩司机。

3月3日凌晨5点左右出发，一路往前赶。开水用完了，没想到高速公路上的服务区也关门了。那就干渴着。

4日凌晨1点，在贵阳下高速，大家都乏了，就在路边找了个旅店，休息4个小时。9点左右，抵达普安。核酸检测，正常。

这个时候，要问普安是个什么氛围，或许可以从路边的两则标语感知一二："疫情不可怕，串门最可怕。""种好'白叶一号'，步入脱贫快速通道。"

2020年，是个不平凡的年份。

对于普安县地瓜镇来说，这次"白叶一号"的采摘是个大事。人员的健康很重要。他们提前对即将上山入园的工作人员进行体检，确保人健康，也是为了茶健康。

普安普安，人茶两安。

"白叶一号"在这里安家满打满算17个月。小茶苗已经长成小茶树了，一眼看过去，已经有30厘米高，还蹿出了不少嫩芽。

采前培训，一句是一句。

盛志勇跟大家反复说采摘的要领：一芽一叶，就是茶叶最上边长得尖尖的，也就是顶上的几片，不能用手掐，要掰断。边说边示范。

这就是"打顶采摘"。为什么要这么采？有利于养蓬，以采代养。茶树还小小的，这是第一次采茶，急不得，不要求多少产量，只摘最顶上的嫩芽，可以促进横向生长，茶树就可以越长越壮。

茶篓怎么拿？有的拿在手中，有的背在肩上。盛志勇摆了摆手：茶篓要用绳子系在腰上。这是为了腾出双手，一手扶着茶枝，一手摘茶。采茶两只手都要上的，一只手不好采，这样茶叶就翻了。

盛志勇在"前方"忙乎，妻子潘有琴也在"后方"受累。

家里的20多亩茶园，也到了开采的时候。原本两人是可以搭档的，多少年了，很默契，也顺利。现在男主人却在关键时刻出远门了。

山下炒茶，山上收茶，由潘有琴一肩挑。一次收茶，多的时候有40斤，她每天上下山要七八回，"一到晚上，都趴下了，都是累的"。

盛志勇叮嘱潘有琴别太累，能做多少是多少，"我跟她也说了，既然参与扶贫这个项目了嘛，哪怕就是损失一点也无所谓，尽一点绵薄之力"。

休息好了，潘有琴第二天爬起来继续干，没有太大的怨言，"为他们做点好事也是应该的。我们这里以前也很苦的呀，现在富起来了，帮他们一点忙也是应该的"。

黄杜人的帮忙不只是"一点点"。

几个帮扶的地区，沿河县的茶产业基础最为薄弱。采茶季到了，炒茶机成了问题。

盛阿伟有一本账："炒茶机这个设备，一般来说价值四五十万。种茶叶是要成本的，下肥料、人工报酬，都是成本。如果还要再投入几十万，可能会更加困难。"

三省五县，遇到难题，总是不忘阿伟书记。盛阿伟郑重"接招"，就想着大安吉的哪个地方可以"下手"。

"就像钉钉子一样，碰到一个困难，我们就去解决，钉下一个钉子。再碰到困难，就再钉下一个钉子。我想我们要一如既往地把精准扶贫落到实处。"盛阿伟说。

就沿河没有炒茶机的这个问题，盛阿伟跟本地的一家茶叶机械企业对接上了。

"我觉得这个时候企业应该站出来，要有担当，要有社会责任。那边有需要，我们可以捐赠设备。"安吉元丰茶叶机械有限公司董事长余磊也欣然"接招"。

盛阿伟再次"钉下一个钉子"。

经过反复比对机器的性能和操作难易程度，最终选定一款比较适合沿河当地实情的炒茶机，紧急赶制出31台，送往沿河县。

31台设备，一字排开，摆放在沿河云雾生态茶叶农民专业合作社白茶加工厂里。这个加工厂，位于中寨镇志强村的一个山坳里。

余磊说："这31台炒茶机，满负荷每天能加工3000斤白茶青叶、生产700斤干茶。而生产同等量的干茶，人工炒制至少需要200个工人，自动化机械炒制只需要8个工人。"

这是一份大礼。沿河云雾生态茶叶农民专业合作社负责人张勇说："有了这套设备，不仅实现了机器换人，更重要的是保证了白茶炒制后的品质，节省了人工成本，真的是雪中送炭呀！"

这"炭"，是好"炭"。产出的茶，也是好茶。

3月5日17时30分许，在普安县，第一杯"白叶一号"扶贫茶端到盛阿伟手里。

他扯下口罩，双手在衣服上擦了擦，迎过玻璃杯，轻轻举起，看了看汤色，闻了闻，抿了一小口，笑意漾了出来。

有人在身旁问：是不是有黄杜的味道？

盛阿伟接过话头：有黄杜的味道，更有普安的味道。香气还是比较好的，你闻一下……这是三省五县第一杯，一个小小的成果……那个话是怎么说的？……心里一块大石头终于落地了。

大疫不忘助力扶贫。有情有义的"黄杜故事"广为传播，

◆黄杜村党总支书记盛阿伟手捧首杯扶贫茶

引发赞誉声声。

"真的有嫁出去的女儿终于生孩子了的那种喜悦、兴奋和感动!"这是一句。

关于黄杜人捐苗的微信公众号推文不少,文末的留言也不少。其中,"瑶瑶"写的是:"太不容易了,真好!感觉就像安吉的'白茶姑娘'嫁到了远方,一举一动牵动了我们的心。"

"老棉袄潘厚渊"有激情:"茶香水醇,情浓意深!安吉白茶,绿茶精品!一芯一叶,致富精灵!共同富裕,举国同心!"

"康乐"则带着诗意:"无论春天走多远,我用茶香追春味。"

追寻一缕"春之味",是茶的意义,也是更多人的心愿。

黄杜人捐赠的茶苗,产茶叶了,浙茶集团统一注册"携茶"商标,要把这一缕特殊的"春之味"送到爱茶人的身边。

"携茶"的寓意是"东西部携手合作奔小康"。携手的"携",音同协作的"协"、和谐的"谐"。

所有的"携茶",以不低于当地市场价的保底价收购。这是浙茶集团的公开承诺。

浙茶集团的主管部门浙江省供销社,向整个系统单位发出号召,结合用茶需要,优先将"携茶"作为办公、会议用茶,还鼓励干部职工自行购买,作为日常所需的自用茶。

反正要喝茶、要卖茶,为何不喝一杯"携茶"、卖一份"携茶"?这是扶贫茶,也是公益茶,属于中国茶叶历史上的首个公益茶品牌。

为了这款"携茶",更多的力量动起来了。

2020年4月2日,"携茶"品牌发布暨"白叶一号"首采线上发布会举行。主办单位分别是中国国际茶文化研究会、中国供销集团、浙江省供销合作社、浙江省茶叶集团、新华社民族品牌工程办公室。

"这款'携茶',体现着清、敬、和、美、乐的当代茶文化核心理念。"中国国际茶文化研究会会长、浙江省政协原主席周国富说。

中国工程院院士、中国农业科学院茶叶研究所研究员陈宗懋，生于1933年，研究茶叶已经有60多个年头了，是我国茶学界的首位院士。他对"携茶"的正式发布表示祝福，认为"携茶"是传播东西部情谊的桥梁，安吉党员先富帮后富，浙茶集团通过加工、销售，让扶贫苗真正成为致富叶，帮助受捐地区脱贫，这是一件有意义的好事。

60后院士、湖南农业大学茶学学科带头人刘仲华，对"携茶"有一个定性——"中国扶贫茶第一品牌"。

"携茶"的销售上有哪些考虑？大家的思路很开阔：传统市场要抓住，电子商务这个"大平台"要用好，浙商企业这个"大群体"不放过，全国供销社系统这个"大网络"要把握……总之是要推进"携茶"的多渠道销售。

不过，包销不等于包揽，而是兜底。"我们更大的愿望是，让这些村都有自主闯市场的本领，可以各显神通。因此在兜底销售之余，我们会更注重培养他们的营销能力、品牌意识。这样一粒种子，才能变成一棵参天大树，甚至一片茂密森林。"浙茶集团董事长毛立民说。

他们将"携茶"的品牌使命定位为"做好茶、传大爱"，品牌的口号是"每一片都是好心意"。

黄杜人知道,这份"好心意",只是整个社会、整个时代"大心意"的一枝一叶。

茶苗的受捐地区包括普安县,这里隶属于贵州省黔西南布依族苗族自治州。从1996年开始,宁波市就对口帮扶黔西南。黄杜人到普安县次数多了,听说了不少宁波的帮扶故事。就拿人员来说吧,截至2020年5月,宁波有24批139名干部,来到黔西南州,把这里的脱贫致富视为自己心尖尖上的事。

普安的长毛兔产业就跟宁波有关。

2006年,浙江在东西部扶贫协作上开始提倡"输血"与"造血"结合,帮扶与合作并举。也是在这一年,宁波市镇海区挂职干部徐天红牵线搭桥,邀请镇海区德信兔毛加工厂到普安县开展长毛兔养殖试验示范,251只浙系长毛兔搭乘专机进入普安。

"东兔西移",打开了一片天地。

"一只兔,油盐醋;十只兔,新衣裤;百只兔,娶媳妇;千只兔,进城住。"这句顺口溜,早就在普安传开了。

扶贫是一场稳扎稳打的"接力赛"。这个"赛场"位于全国各地的角角落落。

在广西，有广东援建的移民异地安置新村，诉说着"两广一家亲"；在宁夏，"你从八闽大地走来，带着海风，带着温暖；几回回梦里回到六盘山，闽宁情谊割不断……"花儿民歌唱起来，福建帮扶宁夏的故事不断丰满起来；"沪企入滇、滇品入沪"，已经让上海对口云南的单向帮扶，转而相互合作，走向共赢了……

大家都行动起来了。

叶兢君留意到这么一条新闻：

辽宁省大连市对口帮扶贵州省六盘水市，与普安县所在的黔西南州相邻。大连有草莓种植的传统产业，总想着在草莓种植上给六盘水带来一点什么。

草莓种植前，有一个必备步骤，叫"花芽分化"，条件是日照短于12小时，气温低于20℃。"凉都"六盘水正有这个天然优势啊！

大连的草莓种植户就想出"高山育苗"的办法。

2月份，用冷链车将草莓种苗运至3000公里外的六盘水，当地偏凉的气候，草莓敏感，花芽分化提前进行。8月下旬，再把繁育好的草莓苗运回大连种植。

这么一个来回，草莓在大连可以提前两个月上市。种植户就多了两个月的收成，而且早上市价格有优势，这两个月的收入要远远超出后边的好几个月。

还守着传统路子育苗的种植户，一下子就"急眼"了，也要来订购这个"扶贫草莓苗"。

这么一个点子，这么一个来回，给六盘水的农户带来了好处。

2019年，抱着试一试的态度，大连运送的草莓种苗数量有限，只有120万株，六盘水仅拿出1.5公顷左右的农田繁育草莓苗，不过每公顷纯收入超过20万元，或直接或间接给当地不少家庭带来新的收入。

尝到了甜头，育苗数量上涨。

对这个事，叶兢君很感兴趣。他说，除了黄杜人在捐白茶苗，还有很多善良的人都在行动，给落后地区带去经济农业，都在"饮水思源，感恩前行"。

"饮水当思源，青山绿水，一叶栽出金银路。饮水思源，富而不忘领路人。远隔千里之外，这一株茶苗的送赠，是先富带动后富的担当，更是一家同心、共同富裕的盼望。当远方的大地萌生新芽，遥敬一杯香茗，我们不忘时代暖阳，恩深情长。"黄杜捐苗党员群体获得2018年度"最美浙江人·浙江骄傲"年度人物，这是组委会写给他们的颁奖词。

跟黄杜人一起走上这个领奖台的，还有周秀芳。

她是宁波市鄞州区李惠利小学的退休教师，当时已经年届古稀。自2015年开始，周秀芳来到湖南省怀化市溆浦县北斗溪镇支教助学。她发动上万名爱心人士，累计捐款超过2000万元，为溆浦山区捐建希望小学22所，让不少贫困家庭的孩子有了新的希望。

周秀芳的人生辞典里可能装不下"退休"二字。她又远赴吉林省延边朝鲜族自治州和龙市，成立周秀芳爱心驿站，引导社会帮扶资源向这里集聚。

这位"支教奶奶"，钟玉英在北京见过的。

2018年10月17日，她们俩在北京领取了"全国脱贫攻坚奖奉献奖"。

都是浙江来的，有着天然的亲近。钟玉英忍不住问老人家，这么大年纪，为什么还要干这些事。周秀芳回答：那些地方太苦了，你要是去了，也会心动，想做点什么。

"老人家的这个话，我一直记得。"钟玉英说。

这次到北京领奖，钟玉英还结识了一个小姐妹，来自陕西的王喜玲。

王喜玲家住宝鸡市扶风县吴家村。2011年，她被诊断患有癌症。为了给她治病，家里把还没出栏的200多头猪全卖了，结果还是欠下了十多万元的外债。丈夫就没日没夜跑运输,眼见日子马上就缓过来了,一场车祸却夺走了他的生命。

一个女子,扛起一个家。2014年,王喜玲被列为建档立卡贫困户。她不认命,争取贴息贷款,承包土地,种植苗木。

她还成立喜林苗木果蔬专业合作社,"组团发展"。慢慢债务还清了,家里情况有了好转,2016年11月,王喜玲向村里递交申请,不再享受建档立卡贫困户的政策了。

盖起了新房、开上了小汽车的王喜玲,有些不满足。她带动不少家庭一起发展苗木种植,帮助他们先后摘掉了"穷帽子"。

"这个妹子,真的是太不容易了,我很佩服她,主动跟她加了微信,留了手机号码,还邀请她找机会到我们黄杜来做客。"钟玉英发现,王喜玲获得的是"全国脱贫攻坚奋进奖"。

没想到,不到一年时间,她们俩再续"姐妹情缘"。

她们同时接到邀请,参加庆祝新中国成立70周年大会观礼。

"听到这个消息,我的心都要跳出来了,问了几遍,是不是真的?"钟玉英说。

她购买的机票是9月30日上午10点从杭州萧山机场出发前往北京。29号晚上她睡得"相当凑合",4点钟就起床了,5点钟从黄杜出发前往机场，留出足够的时间，担心路上出现堵车或者是其他突发状况，千万不能错过航班。

"10月1日那天上午，我坐的位置在正对天安门的左边，五星红旗升起的时候，全场那么多人都在齐唱国歌，我流泪了，不断地流，止不住。后来是阅兵式，特别是一架架战机从蓝天飞过，我眼睛都不敢眨一下，生怕错过哪一个精彩的瞬间。整个上午，我又是笑，又是哭，好幸福的。"钟玉英说。

1999年10月1日国庆阅兵，黄杜人盛河勇以受阅士兵的身份亮相天安门广场，至今回忆起来，他的脸上都洋溢着幸福感。

2019年受邀到现场观礼的，安吉共有5个人。其他4位分别是"改革先锋""最美奋斗者"、余村原党支部书记鲍新民，余村现任党支部书记汪玉成，鲁家村村委会主任裘丽琴，安吉县第四小学学生徐永富。其中，汪玉成、裘丽琴还分别登上了"希望田野"和"乡村振兴"彩车。浙江的花车上，余村"绿水青山就是金山银山"的石碑也亮相了。

两次特殊的进京经历，见到的人，听到的事，看到的景，越来越让钟玉英觉得，黄杜人捐苗，只是黄杜人做了自己应该做的事。

网络空间传来的一些声音，可能有利于黄杜人更全面、更清楚地"认识自己"。

"H+5"留言说:"先富带后富",多少年的口号了。安吉县以小见大,从白茶切入,实实在在,令人佩服。

"不忘当年白茶起步之初心,把好事做好,造福一方!"这是"永远年轻"的感受。

"每文"说:茶叶轻似鸿毛,但茶叶背后的故事重真情、重大义。

"这些安吉人做了一件什么事呢?就是人的口袋要鼓鼓的,脑袋瓜也要鼓鼓的~"署名"西雅图"的这位,谈及一个历久弥新的话题:人要过"物质生活",也要过或者说更要过"精神生活"。

"白茶,是安吉文脉里绵延的另一种'绿水青山',福泽世人。"这是"赵福治"给出的诠释。

2020年5月,来自青川的代表徐萍,将"白叶一号"蕴含的这一抹"绿水青山",带到了全国两会上。

徐萍是95后,出生在青川县木鱼镇木鱼村,毕业于四川传媒学院,现在是成都经典汇文化传播有限公司员工。汶川特大地震时,她只有13岁,正在读初一。浙江的及时援助,让她的家乡一点点重新恢复了元气,她从中学会了珍惜与感恩。地震也让她有了浙江的亲人，他们的关爱始终没有停止过。

她说自己以前是一名"受助者"，现在希望自己能成为一名"施助者"。

徐萍一直有个想法，让当初地震时受到过帮助的孩子们，和提供帮助的浙江亲人们，有一个互相的家庭回访，"组织一些人去浙江，看看那里的亲人们生活是个什么样子，再请他们来青川看看我们现在的生活。可是当年太小了，也没有电话、QQ、微信，可能很多人都没有联系了。但是我想，青川人民不会忘记他们，我们永远是一家人"。

这次，浙江的亲人又把茶苗送到了家门口。

5月22日下午，出席十三届全国人大三次会议的四川代表团在人民大会堂西大厅举行全体会议，徐萍最后一个发言。

她拿出了一个"小茶包"。

这是黄杜人捐赠的"白叶一号"在青川刚刚产下的茶叶。

"虽然还没进入丰产期，但知道我要来北京参会，家乡父老托我一定要把这个好消息带到首都来。特别感恩浙江亲人对我们的倾力帮扶。"徐萍说。

2020年，青川又新规划了3500亩种植基地。徐萍相信，有了这致富的茶叶，通过家乡父老勤劳的双手，未来的日子会越过越红火。

装茶叶的米白色的布袋上,绣着两片青翠欲滴的茶叶。广元的这个"麻柳刺绣"工艺,是国家级非物质文化遗产。

打开布袋,在一个更小的黄色茶叶纸袋上,"白叶一号"四个大字旁边还有几个小字——

"一芽一叶总关情"。

第三章

走向明媚、稳健的"茶生活"

乡村振兴的美好前景徐徐铺开，新生代黄杜人正在布局，给一片叶子注入更多的精神内涵和文化品位。"后小康时代"，黄杜人在探路。

思源。感恩。奋进。共富。

这是黄杜人的心路历程，也是他们在大地上刻下的一道道印痕。

黄杜人的路还长。他们往前走，已经不再只是自己的事了，对"三省五县"的牵挂融入血液，系在心上。

前进道路上有新的障碍，可能还是"致命伤"，黄杜人不敢马虎。

"安吉白茶"这个品牌能否一直稳稳立住呢？

黄杜人是自家这片叶子的主人。是否只是物理意义上的主人，还没有真正成为文化意义上的主人呢？

黄杜的新生代在求索，在思量。

明媚黄杜，敞亮未来。

一、像保护眼睛一样保护好"安吉白茶"这个牌子

"可以这么说,我们黄杜的衣食住行就靠这片茶叶。"黄杜人起初在说这句话时是有些骄傲的,这片叶子改变了他们的生活轨迹,让过往的艰辛岁月突然之间明朗起来。现在,他们再说这句话时,多了一份担忧:把生活都"押"在这片叶子上,要是这叶子"倒了"呢?

2020年4月,浙江大学、中茶所等机构联合发布"2020中国茶叶区域公用品牌价值评估"课题研究成果,共有97个品牌纳入研究视野,其中安吉白茶品牌价值为41.64亿元,位居第六。跻身品牌价值十强已经有十一个年头了,而且2020年还入选"最具品牌带动力"的三大品牌。

安吉白茶这个牌子越是响亮,黄杜人越是心存敬畏。一片叶子让他们把日子过好了,他们想着如何善待这片叶子。

"母子"商标的品牌管理,是有开创性的,给了"子商标"拥有者也就是普通茶农更多的自主权,在"母商标"的阴凉之下尽情生长。只是,一个个分散而居、相对独立的"子商标",一旦在哪个环节出了点问题,引发舆论关注,可能就直接对

"母商标"的权威和价值形成冲击。

一荣俱荣，一损俱损。

阮安丰平时喜欢关注跟农业相关的报道，其中有两件事让他记忆犹新。一个是说有个地方的农产品检查出农药超标，一下子就不行了。当地想了很多办法补救，已经来不及了。其实涉及的只是一小部分，但市场上已经不认这个产品了，东西都烂在地里，没人管。还有一个是说哪个地方种苹果，前几年都挺好，就这一年没有了收成。专家来了一看，说是化肥中毒了。果农说怎么可能，每年都是这么施肥的。专家解释道，施肥要控量，在一个地方勤施肥，产量肯定高，前年可以，去年可以，到了今年可能就不行了，因为这个土壤中毒了，土质变了，一时半会儿救不回来。

看了这些报道，阮安丰想起了黄杜人安身立命的这片叶子。

"在黄杜，我们是知道你的茶叶跟我的茶叶是有区别的。出了我们村，大家都说这是黄杜出来的安吉白茶。出了安吉，一般人只知道是安吉白茶。要是一家出了事，就干掉一大片。茶叶是个喝的东西，这一片片茶叶，用开水泡了是要喝到肚子里的。现在大家都很讲究了，不像以前，老大粗，没有那么在意。我们这里任何一家的茶叶出了问题，喝茶的人顾不上深究，就说是安吉白茶出了问题。要是到了这个地步，就麻烦了。"阮安丰说。

为确保安吉白茶的质量，当地政府部门想了很多办法，加强监管，努力让送到爱茶人手上的这片叶子健康、干净。但不是说这就没有潜在的风险了。

"就像种苹果的那些人，猛着施肥，产量看着就上来了。大家还有一个心理，你在用，我也用，就跟着来。"阮安丰担心某一个环节脱轨了，可能产生连锁反应。

而且，在食品安全这个问题上，大多数消费者抱着"宁信其有，不信其无"的心态，"如果我们黄杜哪一家的茶叶出了问题，人家就想最好是先不喝安吉白茶了，可以改喝别的。这就像碳酸饮料刚上来的时候，都买来给孩子喝，没有觉得有什么不好。后来说喝碳酸饮料对孩子发育有影响，大家都没有搞明白具体是什么原因，就先不给孩子喝，换别的了"。阮安丰的意思是说，吃的东西、喝的东西，安全问题来不得半点闪失，在品质上容不得有半点疏忽。

一个品牌的成长历程，有赖于各方力量持久的点滴发力，"一寸一寸地往上爬"。而一个品牌的倒下，则可能是功亏一篑，全线沦陷，瞬间之事，"一丈一丈地往下掉"。

人有"人设",茶有"茶设"。"人设"崩塌,人生就老。"茶设"坠落,茶叶如草。

如今,黄杜的茶苗捐到了三省五县,黄杜的茶叶是"一拖五"。如果这个"一"遭遇了什么问题,是不是也可能波及这个"五"?

这是个命运共同体。马虎不得。

当地政府部门始终在为这片叶子的质量安全劳神费力。而黄杜人都是"当事人",更要有这个自觉。

"其实,说起来也很简单,就是按照标准来,按照要求来,不要想那些花哨的东西,老老实实种你的茶叶。我们现在是以茶叶为生,不能自己把这个茶叶给毁了。要是在我们手上把这个茶叶搞砸了,说难听的,谁也扛不住。"阮安丰说。

谈及"安吉白茶"这个牌子可能面临的困境时,阮安丰喜欢说的那句"说难听的"重新回来了。

二、是茶农,是茶商,更是"茶人"

得益于这次捐苗行动,"黄杜人"已经成为一个无形的品牌,这是贾伟没有想到的事。

"以前我们出门,跟陌生的朋友打交道,大家知道我们是种安吉白茶的，就可以了，不再说什么了。现在经常要追问一句，是不是捐茶苗的那个黄杜村的。这就更精准了。"贾伟说话时，双手的大拇指和食指合拢，画了一个圈。

下巴处有一撮小胡子，一看就是精心修剪过的。1985年出生的贾伟，给人以和善、稳重的感觉，似乎说出的每句话都是经过深思熟虑的，又伴随着笑意，缓缓表达出来。

自打记事开始，父亲贾小明就跟贾伟说，好好学习，好好读书，考个好学校，离开这个穷山沟。这几乎是几代人的共同心声：以远离乡村、告别故乡为人生理想，甚至怀着憎恨的心理，激励自己奋发有为，或者鼓励晚辈发愤图强。

离开就是胜利。2004年，贾伟考入位于金华的浙江师范大学美术学院，成为环境艺术与设计专业学生。这个时候，黄杜的白茶产业已经渐成规模，改善着人们的生活。贾伟说当时家里也已经吃上白茶饭了，不过他当时没有多大触动。一门心思，闷头读书。

有同学说从老家带了点好茶叶，给大家分享。贾伟喝上几口，笑了，这也叫好茶叶！平时在老家供自己"牛饮"的茶叶，小看不得。

上学期间，贾伟牵头成立"浙江师范大学骑士骑行社"，2005年暑假组织了"支持京杭运河申遗，千里单车行"活动。

第二年还是骑行,不过换了一个主题,"庆校庆,寻根母校,金华杭州单车行"。创业的想法也在萌芽,并付诸实践,他和同学合伙,开过一家"骑士餐厅"。

毕业以来,他开始在几个大城市里奔波,加盟过设计研究院,又进入科技公司。游子在外东奔西跑,茶叶在家欢乐生长。黄杜的白茶产业看着就起来了,贾伟有点心动,"在外闯荡,我的一个深切体会是人是要有资本的,也就是要有优势。细想一下,我的优势就是老家有茶叶,发展势头很好,各方面的条件都很好。这就是我的资本和优势"。

曾经鞭策儿子远走高飞的贾小明,也动了心思,问他是不是可以回家种茶叶。

一次,贾伟回到家里,恰好傍晚时分。听说父亲在茶园里劳动,他就往山上走。夕阳西下,父亲肩扛锄头,迎面而来,

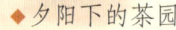
◆夕阳下的茶园

"只是一个剪影，那也是熟悉的。不知道为什么，看到这个情景，我的眼泪就一直在流"。

2013年，贾伟正式回归黄杜。

回来也是胜利。"离开"与"回来"之间，横卧着一个产业的传奇。

新官上任三把火，新人种茶三步走。

贾伟接管父亲的"小明茶场"，先改名字，创立语茉茶业有限公司。

黄杜人给自家茶场取名字，或者跟茶叶的产地有关，或者描述茶叶的外形，或者纯属于传递一个美好的愿望，或者直接搬用孩子的名字。

贾伟顺着孩子名字的思路。他的儿子叫宇墨，不照搬，往前一步，取谐音。

宇墨。语默。不说话。

"这是不少高端人士的一个状态。他们为何不说话？因为要思考，进行逻辑的推演。一旦说话了，发表看法，不是张家长李家短，不是人云亦云，而是一句是一句，成为引导社会的力量。我想我们的茶叶就要走这个路子。"贾伟说。

"语默"，作为一个品牌，还是有点直来直去，要讲点迂回。以"茉"代"默"，有自然感，添上一缕花香。

贾伟希望通过"语茉",来接近茶之本,感知品茶之本。

取个什么名字,内在的支撑是一种态度。

有一块茶叶地,"三亩塘"。贾伟想起,《淮南子》有言:"任一人之能,不足以治三亩之宅也。"后来"三亩宅"指称故乡。故乡是什么感觉?或许是儿时麦芽糖的味道,也可能是一汪泉水的味道,是天然的味道,是记忆的味道。贾伟给"三亩塘"产的茶叶,取名"三亩汤",减少制茶工艺的影响,尽量不留下人为的痕迹,呈现茶叶的原初本味。

"我觉得这有一点道家的意思,就是崇尚自然,追求一种天性,很纯粹,是什么样就是什么样。"贾伟说。

就像有的菜系,以食材的本味为上,唇齿之间,一缕清香。或者是音乐,要的就是一把"初嗓",原生态。

这个世界的丰富与可爱之处,就在于对冲的、反向的往往同时存在,相安无事。

就像麻辣香锅,嗨起来,麻、辣、鲜、香、弹、滑,混合爆炸,攻陷舌头。或者是摇滚,一锅烩,十八般武艺齐上阵,要的就是"炸",朝天吼。

出自"柴上坞"这块地的茶叶,贾伟不断地叠加制作工艺,用柴火烘焙,锤炼,锻打,让这款茶的香味霸气起来,使命就是征服,把喝茶人的味觉、触觉、嗅觉、视觉重重包围。

他给这款茶取名"柴上香"。

"这名字,就像一个樵夫,给人很粗壮的感觉,有一种力量感。"说话的那一个瞬间,他的眼神里有光亮。

一代人,创业艰辛,从"0"到"1",开启安吉白茶这个产业。贾伟想,现在自己这一代人来接手这个产业,就不能只是从"1"到"2",简单地递进、相加了。

新的可能性在发芽。

2014年11月,溪龙乡新青年创业联盟成立,贾伟被推选为理事长。

◆溪龙乡新青年创业联盟党支部与中茶所茶叶研究院党支部结对签约

新青年，要有新的激情，甚至是冲动。

他开发"冬季养生茶"。原料是一克明前安吉白茶，两粒宁夏枸杞，两朵天目山野生紫菊。

他探索炭焙型安吉白茶。选用上好的炭木，特别是农村的竹炭、木炭，有烟火味，引火用竹子。他说做茶其实是"玩火"的艺术，火的高、中、低，急、缓、慢，变化犹如艺术家的笔触，火在茶上留下的痕迹，就如一幅水墨山水，一洒，一抛，一翻，一抖，成败优劣，尽在其中。

他自主研发奶茶。放入白糖，撒上安吉红茶，白糖和茶叶一起炒，炒到焦黄冒泡泡，倒入开水，再倒入牛奶，搅拌，捞出茶叶。他给这杯奶茶取名安吉"粉色记忆"。

2020年8月4日，位于安吉县城的"茶山遇见你"饮品店正式开业。贾伟想把茶产业的外延拓展得更远一点。

少量的青柠、糖浆、朗姆酒，在雪克壶里摇晃二十来下，加上泡好的安吉白茶、红茶，饰以新鲜的西柚片，茶乡特色的莫吉托（mojito）调制完备。这是贾伟新开张的这家饮品店的主打产品，传统与时尚，尽在这一杯。

贾伟是线下线上齐发力。

进驻互联网，在线上开辟新天地，是他的另一步棋。

新冠肺炎疫情期间，他召集公司的员工，利用网络直播平台,推出"茶山瞎(hā)讲(gǎng)"专题,打辩论赛。

不会喝茶还要不要参加茶会;喝酒好还是喝茶好;机制茶好还是手工茶好;外地茶进入原产地是不是"狼来了";野生茶好还是茶园茶好;茶园是用有机肥好还是用复合肥好;买茶选散装茶好还是包装茶好;年轻人要不要学喝茶;买茶是线上好还是线下好;茶叶要不要扩展种植面积;绿茶产区要不要做红茶;茶叶的划分是按照明前、雨前的时间标准,还是按照一星、二星、三星的等级标准。

这些辩题有点意思。

所谓的辩论赛,有综艺感,在玩笑之间,说的是道理。

形式感足,内容表达诙谐,容易引发关注。线上的热闹,线下见动静。贾伟发现,自己的茶叶"走单"更迅速了。

现在,黄杜在谋划茶产业的未来时,天平上始终要添加"三省五县"的砝码。

贾伟在想,当远嫁三省五县的"白叶一号"进入丰产期,是不是可以通过在线上组建一个茶产业联盟,携手闯市场?

对于茶产业的经营,贾伟有那款"柴上香"的感觉,心思跳跃,各路奔袭,直抵目标。

这只是一面。还有一面,是"三亩汤"式的清静与玄思。

种茶叶的,是茶农。买卖茶叶的,是茶商。贾伟说,现在的黄杜人,是茶农,也是茶商。不过,这可能还不够。他想黄杜人还应当是"茶人"。

何为"茶人"?

"茶人"应该是一个"布道者"。贾伟的微信名就是"阿布"。

"做茶的人,要有布道者的心。前提是要有'道'。也就是要有做茶的理念,不是种茶了,采茶了,卖茶了,就完了。他应该有关于茶的思考,并通过做茶的过程,不断地说,加以传播。"贾伟觉得,新生代的黄杜人有必要探一探茶之"道"。

"茶人"可以看得更远,担负起一份责任。

家乡父老提出要捐苗,这事给贾伟的触动不小,"他们的想法很可爱,也很伟大。我们黄杜人的日子确实不错,但不是一夜暴富,而是依靠一亩地、两亩地,一年又一年积累起来的。这个过程很艰辛,而且现在发愁的事情也很多。大家不想这些了,先放下,想着怎么帮助别人,帮的还是陌生人,全心全意,一点也不含糊。真是了不起!"

家乡人是榜样,贾伟的步子不慢。

黄杜有一个安吉白茶事业服务中心,平时都是来来往往的人,有环卫工人,有游客,有过路人。是茶乡,一杯茶待客是起码。公共场所的茶叶从哪里来?黄杜搞了一次竞拍。贾伟觉得这是个事，认真参与，结果跟其他四位一起，成为爱心茶的"中标人"。

◆爱心茶

有身边的点滴事，也有外边的"大事"。

2020年3月2日，湖北省新冠肺炎防控指挥部生活物资保障专班发出通知，内容是为进一步满足疫情防控期间居民日常饮茶生活需要，着力推动茶叶春季采摘生产，积极推进贫困山区脱贫攻坚，决定将茶叶及其包装、托盘相关物资纳入全省防疫期间重要生活物资保供范围，对相关运输车辆执行"绿色通道"政策。

都是做茶叶的,有一个"朋友圈"。就像黄杜人捐苗扶贫,"在茶言茶",做茶叶的也想以茶叶为防疫抗疫做点什么。既然抗疫前线将茶叶纳入"重要生活物资保供范围",大家就想是不是可以向前方捐赠一点茶叶,略表心意。贾伟听闻消息,加入这个队伍。

前方医护人员工作强度大,容易上火,要选适合"茶疗"的品种。贾伟挑选了桂花安吉白茶、紫菊安吉白茶这两款,还都是小袋包装,一包刚好冲泡一杯。

捐赠茶苗时,贾伟想的是"去吧,去吧,帮助遥远的人家"。捐赠茶叶时,贾伟想的是"去吧,去吧,为那些可爱的人驱散一点疲惫呀"。

他在增强这片叶子的光华。

老一辈的黄杜人,就着一片叶子,为了生存。新生代的黄杜人,再来看这片叶子,就要有生活的态度、审美的眼光。

1996年出生的盛茗,是盛勇亮的女儿、盛振乾的孙女。2015年,她大学毕业回到家乡,跟着前辈学习茶叶种植,成为"茶三代"。她多次到外地参加集中培训,试图在理论与实践上双向努力,以摸准"茶"的个性。如今,她坚信的一个理念是,茶不只是一般意义上的"茶",而是有着更丰富的内容。

◆盛茗

"一杯茶放在那里,就只是一杯茶。如果我们讲好了茶故事,这杯茶就不一样了,就有了新的意义。我们现在需要做的是通过新媒体手段,以艺术的方式,讲好茶故事。"盛茗说。

90后盛茗和80后贾伟,是黄杜的新茶人。

真正的茶人,追求的是茶生活。

贾伟说,黄杜现在种茶卖茶,不管怎么发展,买卖的茶叶在数量上是有限度的,茶生活就不一样,是无限的。

有部美国电影,叫《让爱传出去》。其中有这么一句台词,贾伟一直记着,"有一种东西,你给予再多,也不会变少,这就是爱"。他说，茶生活就是"爱"，人家来感受、借用，没有少什么，反而幸福感、满足感更强烈一些。

"柴米油盐酱醋茶"，是烟火气息、活力充沛的茶生活。

"琴棋书画诗酒茶"，是文化气息、艺术品位的茶生活。

两个"生活"的缠绕与交融，算是完整意义上的"茶生活"。

"我们的茶叶，不仅仅是产品，还应该蕴含着一种理念，一种与茶叶有关的生活方式。提到我们安吉，提到黄杜，就想住到我们黄杜村里来，住到安吉的民宿中来。眼前是万亩茶海，喝着一杯茶，享受青山绿水带来的宁静，烦恼暂时都抛在一边，整个人都特别放松。我希望未来就是这样的……"贾伟在满心向往，也在用心谋划。

三、你好，未来！

疫情期间宅在家，贾伟提议儿子跟妈妈学茶艺。贾宇墨同意了。

投茶。将安吉白茶放入茶盘。

温杯。用开水将白瓷茶杯浇暖。

注水。把白瓷壶中的开水注入茶杯，讲究的是一条线，号称"白龙点头"。

出汤。时间是个关键,快了茶味不足,慢了涩感太满。

分茶。将茶水分杯,与人分享。

8岁的贾宇墨学习着,感觉有点忘了眨眼睛。

他画过一幅画,笔墨大胆,框不住的潇洒,房子像彩色粉笔,又像一个个小精灵在起舞。冰淇淋里边站着一个小人在吹蓝色气球,还是三朵鲜花在打架?说不清楚。

没有约束的想象力,朝着未来奔跑。

10岁的刘兵兵,在贵州普安县白沙小学读五年级。"白叶一号"来到家门口,家里的收入就增加了,还美化了环境,"远远看去,漂亮得很"。

这个孩子的理想是当一名老师,"做个传授知识的人"。

他的弟弟刘将,长大了想当一名司机,"开车环游世界,还要学习汽车维修"。

环游世界的旅程,是不是有一站就放在安吉的黄杜村?

相隔千里,黄杜的孩子陈思瑜正在溪龙小学读六年级。她写过一篇名为《茶乡韵致》的作文。在她的笔下,一条条整齐的茶带,"像春姑娘赠送给茶农的绿色哈达,又像一条条绿色的长龙浅眠在田园"。

她观察一株茶树,看出了三种颜色。

最下方的是老叶子，是深沉的墨绿色，"坚稳若磐石"。

中间一层，是长大的绿叶，浅绿色，"在风中如同绿色的精灵，阳光下飞舞间恍然还能看到斑斑光点"。

再是枝头的嫩叶，"有些是青绿中泛着浅浅鹅黄，有些是酸橙色的嫩绿，有些则是近乎透明的淡绿，好像手指一掐，都能掐出水来"。

这是一个善于在生活中发现美的孩子。她说，每年的清明节前后，是茶农们幸福的忙碌时刻。她是这样看采茶这项田间劳动的："采茶姑娘腰间系着竹篮，穿梭在茶园间，灵巧的双手左右开弓，手指上下翻动，从茶树尖上轻轻地拂过，就像弹奏着春天的协奏曲，又像是轻盈的蝴蝶在舞动身姿。"

文末，忍不住喊出声来："绿水青山就是金山银山——我爱这绿色的茶乡，我爱这茶香四溢的生活。"

这茶香四溢的生活，就是"茶生活"。

同读六年级的韩羽菲，有过采茶的经历，感受到的是另一种风情。

她写道，自己背着竹篓，挺着腰，"眼睛像侦察机一样在一株茶树上仔细搜索，用手一片一片地拨开表层的大叶片"，可是，茶叶好像是在捉迷藏，故意躲起来不让人看见，让她好长时间都没有收获。

只好给自己鼓了鼓劲,一边嘀咕着"一芽一叶""一芽一叶",一边继续翻找着,终于看到一小片嫩绿嫩绿的叶子,"我小心翼翼地用大拇指与食指捏住那片小茶叶,轻轻一拉"。

她的"茶农生涯"渐入佳境,小竹篓的底也已经被嫩绿色覆盖。采茶的新鲜感也随之溜走了,"炎炎的烈日、机械的采摘动作让我开始不耐烦。原来轻快的心情被烦躁代替,汗流浃背的我恨不能喝下一缸水,只盼着赶紧下场雨,妈妈就能带我回家了"。

环顾四周,大家都在认真劳动,当"逃兵"不合适,就继续闷头干活。黄昏了,妈妈要回家做饭,她就结束了这次茶农体验之旅。

回到家,爸爸正在炒茶。她要爸爸把自己采摘的那一份单独炒制。自己的劳动成果,自己品尝。爸爸忙乎一阵,递给她一个小塑料袋。她有点呆了:是不是漏掉了?怎么只有这么一把呀?爸爸回复:这就是你摘的全部茶叶!炒一炒,炒干了水分,就只剩这么一小把了。

"我捧着这把茶叶,不禁想到了很多。"

小姑娘说,在这次茶农体验中,自己品尝了收获的快乐,也体会到了劳动的辛苦,更学会了何为珍惜,"我们要学会珍惜劳动的成果,因为那是汗水浇灌开出的花朵"。

未来，是要用汗水去浇灌的。

再次来到黄杜万亩茶园基地，择地而坐。清风徐来尔，茶香满心房。

这钢塑的梭形长椅，像一艘小船，在茶海里游。又一看，这长椅，本身就像一片叶子，与茶山一体。

被一座雕塑作品吸引。

不锈钢锻造镜面的"C"形弯月。用杨铭的话说，"像时间飞速而过，留下的圆形轨迹"。

杨铭是中国美术学院公共艺术研究院雕塑

◆ "时间轮"雕塑

部主任，黄杜万亩茶园基地景观设计者。

内壁悬挂着一串串的时间年份，镀上一层金色，"象征这里曾经的骄傲"。从底端的"1982"开始，顺着环形，逐年往上叠加，直至顶端，以"2018"收束。

1982年，安吉白茶无性繁殖成功。

2018年，安吉白茶千里扶贫，一叶传情。

上下两个"月尖尖",一个有着向上的力,一个有着向下的力,各自延伸。

"过去与未来无限接近,时间凝结成奋斗的光影。"旁边的配文,有诗的韵致,也有哲理的味道。

这座雕塑,取名"时间轮"。

时间,让黄杜成为"黄杜"。时间,也让黄杜享有"未来"。

与"时间轮"相隔不远,是另一座雕塑作品——"给未来的一封信"。

杨铭说,这里原本是一个废弃的水泥方柱,他们在设计时试图营造出未来感。

两条不锈钢锻造的"(",支起一架信纸折叠而成的纸飞机。这纸飞机,像是踮着脚尖,头部是昂着的,感觉眨眼的功夫,就要冲出去了。

信纸上有字,镂空的,一眼望去,可见的词语有"起航""清晨""传奇""光

◆ "给未来的一封信"雕塑

芒""未来"。

署名：中国白茶第一村·黄杜。

完整内容，温暖定格——

你好：未来！

红色的土壤

滋养出绿色的叶子

我们带着初心起航

像是露珠等待着清晨

白茶期盼着春天

翘首远嫁的儿女

续写一片叶子再富一方百姓的传奇

我在这里奋斗

你在那里绽放

愿你归来之时

依然是当初的模样

我们互为分享

散发出温暖的光芒

星光不负赶路人

我们一起

未来可期……

◆给未来的一封信

主要参考文献

（1）中共中央党史和文献研究院编：《习近平扶贫论述摘编》，中央文献出版社，2018年8月。

（2）人民日报海外版编著：《习近平扶贫故事》，商务印书馆，2020年8月。

（3）中共中央组织部组织编写：《贯彻落实习近平新时代中国特色社会主义思想在改革发展稳定中攻坚克难案例·生态文明建设》，党建读物出版社，2019年8月。

（4）（唐）陆羽著，刘艳春编著：《茶经》，江苏文艺出版社，2016年5月。

（5）劳罕著：《心无百姓莫为官——精准脱贫的下姜模式》，浙江人民出版社，2019年5月。

（6）何建明著：《那山，那水》，红旗出版社，2017年9月。

（7）王旭烽著：《一片叶子》，浙江文艺出版社，2015年12月。

（8）王旭烽著：《茶语者》，作家出版社，2014年4月。

（9）潘向黎著：《茶可道》（增补本），生活·读书·新知三联书店，2017年10月。

（10）［日］冈仓天心著，谷意译：《茶之书》，山东画报出版社，2010年6月。

（11）吴良镛著：《中国建筑与城市文化》，昆仑出版社，2000年1月。

（12）洪清华著：《老洪睡遍世界》，中国旅游出版社，2017年11月。

（13）董仲国编著：《安吉民间故事》，团结出版社，2013年6月。

（14）彭忠心、陈少非编著：《安吉风·白叶禅心》，西泠印社出版社，2012年10月。

（15）董仲国、黄卫琴、苏婷编著：《安吉白茶制作技艺》，浙江摄影出版社，2016年12月。

（16）程永军著：《见证——安吉文化陈列文稿集》，中州古籍出版社，2017年12月。

（17）《人民日报》《光明日报》《浙江日报》《湖州日报》《贵州日报》《黔西南日报》《铜仁日报》《湖南日报》《团结报》《四川日报》《广元日报》（2018年10月至2020年11月）。

后 记

因为这个题材，我与家乡以外的一个村子有了如此紧密的关联。

作为外来者，我闯入黄杜人的生活。他们停下正在忙着的茶生意，接受我笨拙又沉闷的提问。这家聊，那家聊。这家聊好了，男主人或女主人，开着自家的车，把我送到那家，顺利完成交接。白天聊，晚上也聊。聊至深夜，恰好在谁家，谁家就负责开车把我送回住处。平常日子聊，假期也聊。2020年元旦，新的一天，我就在黄杜穿行，还拜访了白茶祖。在黄杜聊好了，到了茶苗受捐地趁着夜色如老友般相见继续聊。就着贵州普安东风水库的日落风光，我们一起散步，聊下一步的打算。那个时刻，我们都是外乡人。

在黄杜，有几次迈进他们的家门时，正好是饭点。挪开椅子，摆出碗筷，加菜添酒，融解了我的矜持和怯生生。竟然还出现过原本应下这家却被那家拖上了餐桌，这家上门来"理论"的情况！

进门一杯茶，是标配。都是好茶。玻璃茶杯可以随身带走，我都背回了家。在路上，能听见茶杯和茶杯相遇的清脆声音。

他们不设防，角角落落都倒给我了。我知道了这个村子的基本情形：谁是谁的侄女，谁是谁的女婿，谁家在城里买了个大房子，谁家的茶收入要在他自己说的基础上翻倍……

在黄杜，我吃过很多家的饭，喝过很多家的茶，坐过很多家的车，听过很多家的故事。

这是一群朴素的人。他们捐苗、护苗，正是因为有朴素的念想。

脱贫攻坚是大业，那么多人投身其中，怀着热情，付出的是心血。黄杜人是一剪侧影。他们在摆脱贫困、脱贫攻坚、乡村振兴这几个环节中积累的经验是有用的。过上了小康的日子，人应该干点什么？这是一道大题。黄杜人认真答卷。

明代文人李日华《紫桃轩杂缀》中有言："天下有好弟子为庸师教坏，有好山水为俗子妆点坏，有好茶为凡手焙坏。真无可奈何耳。"我的担心与惶恐是，"有好题材为拙人写坏"。

只能希望经历过的犒劳是成长。

这本书入选"2020年中国作家协会重点作品扶持项目"。第二章的主体内容，《人民文学》杂志2020年第12期以《一芽一叶总关情》为题刊发，编者在"卷首"写道："《一芽一叶总关情》所记述的地方是浙江安吉——大名鼎鼎的白茶之乡，这部作品写活了一片叶子与一方百姓的新时代风采，人、事、物、理都那么滋味十足，有生活密度、有故事浓度、有时代高度、有情感温度，将爽利恰切的语句，匹配于人与自然和谐共生的美丽中国，让此文又拥有了一种值得肯定的写作态度。"感谢厚意。

感谢为这本书的问世付出过努力的所有人。点点滴滴，放在心底。

这本书基本上写就于新冠疫情期间，伴随着两岁多的小女儿正欣的肆意捣乱和哭闹声。现在想来，也是温馨。

谨以此书献给我的老父亲王书连。他好茶。记得曾经带回家里几盒安吉白茶，他一直念叨这茶好。如今他疾病缠身，对喝茶了无兴致。愿他少些疼痛，安康。

王国平

2020年11月28日于望星屋

图书在版编目(CIP)数据

一片叶子的重量：脱贫攻坚的"黄杜行动" / 王国平著. —杭州：浙江文艺出版社，2020.12
ISBN 978-7-5339-6329-3

Ⅰ.①一… Ⅱ.①王… Ⅲ.①报告文学—中国—当代 Ⅳ.①I25

中国版本图书馆CIP数据核字(2020)第239143号

选题策划　虞文军
责任编辑　关俊红
封面设计　海未来
责任校对　罗柯娇
责任印制　张丽敏

一片叶子的重量——脱贫攻坚的"黄杜行动"
王国平　著

出版	浙江文艺出版社
地址	杭州市体育场路347号
邮编	310006
网址	www.zjwycbs.cn
经销	浙江省新华书店集团有限公司
印刷	浙江新华数码印务有限公司
开本	710毫米×1000毫米　1/16
字数	160千字
印张	18.5
插页	2
印数	1—30000
版次	2020年12月第1版
印次	2020年12月第1次印刷
书号	ISBN 978-7-5339-6329-3
定价	68.00元

版权所有　　违者必究

(如有印、装质量问题，请寄承印单位调换)